我是开豆腐店的我只做豆腐

〔日〕小津安二郎 著
陈宝莲 郑锦 译

南海出版公司

新经典文化股份有限公司
www.readinglife.com
出　品

目
录

小津讲如何拍电影

止庵

终导演小津安二郎一生，虽然在日本影坛地位显赫，继沟口健二之后更成为首屈一指的人物，但与沟口和黑泽明等人不同，他的电影受众基本上一直局限于日本，到了晚年，日本电影界更有批评指他过时了。然而时至今日，若列举世界电影史上最具普遍性和永恒性的作品，我们恐怕首先就要想起小津，所提到的还会不止一部——如《东京物语》，而是很多部。这倒好像让“越是民族的，就越是世界的”的话变得有几分道理了。维姆·文德斯甚至说：“如果我来定义为什么发明电影，我将这么回答：‘为了产生一部像小津电影那样的作品。’”有的导演令人敬畏，小津则使人觉得亲近——我是说，使处于完全不同文化背景下的人觉得亲近，而且深深为之感动。这种感动还不是“一次性”的，小津的电影最当得起“常看常新”、

"愈看愈深"了。

不过在世界级大导演中，最容易被误解的就是小津。观众即便认为他好，也未必真正看出他的好，他的好可能另在别处；或者说，兴许看到的只是表面，深藏其下的才是他用心所在。所以看他的片子之外，大概还有必要听听明眼人的点拨。有关小津的评传、论著不少，已先后翻译出版佐藤忠男的《小津安二郎的艺术》、唐纳德·里奇的《小津》、田中真澄的《小津安二郎周游》和莲实重彦的《导演小津安二郎》，都很有分量，里奇和莲实所著尤其精彩，即便我们把小津的电影一看再看，也很难比这两位分析得更细致、更深入和更周全了，尽管莲实对里奇的意见不尽认同。现在小津文章和访谈的汇编《我是开豆腐店的，我只做豆腐》一书又译介了过来，不妨再听听他自己如何说法，也许比研究者们更能揭示小津电影的奥秘，亦未可知。

相比之下，小津所说更其明确，没有那么复杂。他是实践者，不是理论家，往往只述事实，不讲道理，或者从事实层面上去讲道理。譬如关于有名的低机位拍摄，小津解释说："我是好恶分明的人，作品会有种种习癖也是没办法。其中之一是摄影机的位置很低，总是采取由下往上拍的仰视构图。这始于喜剧片《肉体美》的场景。虽然是在酒吧中，但拍摄能用的灯比现在少得多，每次换场景就要把灯移来移去，拍了两三个场景后，地板上到处是电线。要一一收拾好再移到下个场景，既费时也麻烦，所以干脆不拍地板，将镜头朝上。拍出来的构图不差，也省时间，于是变成习惯，摄影机的位置越来越低，后来更常常使用被我们称为‘锅盖’的特殊三角架。”讲得毫无玄机，有论者看了慨叹“小津安二郎很难再作偶像”。我倒以为就中仿佛不经意道出的“拍出来的构图不差”一语，或更值得留意。

又如关于对特写和远景镜头的独特用法，小津说：“随着摄影技术的进步，特写也开始用于捕捉表情的微妙变化，在表现激动的感情时使用特写也成了一种‘文法’。但我觉得在悲伤时用特写强调未必有效果，会不会因为显得太过悲伤而造成反效果？我在拍摄悲伤场面时反而使用远景，不强调悲伤——不作说明，只是表现。但我会在不需要强调什么的场景时使用特写，因为拍远景时背景太辽阔，我嫌处理背景麻烦，于是采用特写消除周围的背景。我认为特写还有这样的效用。此外在刻画节奏等诸多方面也很有效。”“处理背景麻烦”云云，与谈到低机位拍摄时意思相去不远。然而重要的可能仍是对于如此拍法效果究竟如何的把握。他说：“弟弟死时，画面是主角整张悲伤的脸的特写，哥哥死的时候再放大一点，那么母亲死的时候只剩下鼻子和眼睛，到了最爱的恋人或妻子死的时候，画面岂不只剩下眼睛了吗？那独生子死的时候该怎么表现呢？”作为一种审美体验，视觉较之触觉、嗅觉、味觉，乃至听觉，审美主体与审美对象之间距离最远，可以说是最安全的；其他感觉，稍稍过分，就会让人受不了。但是正因为如此，视觉也更容易被轻易滥用，被轻易拉近距离，结果同样也会因为过分而“造成反效果”。

如果结合小津另一处所说：“导演要的不是演员释放感情，而是如何压抑感情。”就知道所涉及的不仅仅是如何运用技巧，乃至一己的习惯或风格之类的问题。与其说小津在被动避免什么，还不如说在主动追求什么，或者说，为了追求一些东西，要避免另外一些东西。再看他对曾被认为“不会演戏”的原节子的评价：“依我看，她不是用夸张的表情，而是用细微的动作自然表现强烈的喜怒哀乐的类型。换言之，她即使不大声呵斥，也能够表现出极度愤怒的感情。原节子这样的表演能轻松展现细腻的感情。反而是有些被誉为‘戏精’的演员，该怎么拿捏分量都要我一一说明，实在困扰。例如演个老人，就会模仿得过头。要不就是没有个性，老是问我想要怎样。”也是中意原节子的表演最合乎“压抑”，而非“释放”。显然这里小津阐释的是一种电影美学观念。总的来说，是“不必那样”和“应该这样”。在这种观念指导下，他有所不为，有所为，而且一以贯之。呈现出来，就是风格。但也可以反过来说：风格毕竟只是呈现，背后的东西更为关键。

而当小津说：“我认为电影没有文法，没有‘非此不可’的类型。只要拍出优秀的电影，就是创作出独特的文法，因此，拍电影看起来像是随心所欲。”也应从坚持自己的电影美学观念这一层去理解。小津的电影乍看似乎比黑泽明或晚辈的大岛渚、今村昌平等有所拘束，其实这是只留意影片内容所导致的误解；小津拍电影时更其无拘无束，从对“电影没有文法”的实践来看，他或许比黑泽、大岛、今村等还要彻底。至于影片内容，就更应该视为小津随心所欲的体现了。用他的话说就是：“我认为，电影是以余味定输赢。最近似乎很多人认为动不动就杀人、刺激性强的才是戏剧，但那种东西不是戏剧，只是意外事故。我在想，可以不要意外事故，只以‘是吗’、‘是这样啦’、‘就是那样啦’的腔调拍出好一点的故事吗？”不想干什么就不干什么，其实是最高意义上的想干什么就干什么；而对小津来说，不干什么丝毫不影响他的成就和地位。

小津说：“有人跟我说，偶尔也拍些不同的东西吧。我说，我是‘开豆腐店的’。做豆腐的人去做咖喱饭或炸猪排，不可能好吃。”对此莲实重彦在《导演小津安二郎》中说：“我以为这种味觉的比喻是小津——针对其晚年遭到许多批评家攻击——的防御性姿态所虚构出来的多少有点抽象的概念。至少若据小津本人的原话，就认定他的作品是不做炸猪排的豆腐商的一种工匠活，是过于简单了。”在我看来，小津仍然是在强调自己的电影美学观念，而不是对某种类型或风格的描述。当莲实指出某些论家陷入硬性划分“纯粹的小津与不纯的小津，或者完成了的小津与不完全的小津”这样“一个对立图式”，而“把矛盾和对立从视野里排除掉之后，我们所能得到的只是一种抽象”，所言不无道理。但是如果不是从风格而是从风格背后的电影美学观念上去做这种划分，就未必是不对的。对小津来说，风格绝非是单一的，褊狭的；但他的电影美学观念却是明确的，排他的。

《我是开豆腐店的，我只做豆腐》所选录的不止是小津谈电影的言论，还提供了他的不少生平材料。这就要提到书中“酒与战败”、“战地来信”两部分了。而原编者在卷末声明：“书中即使有现在看来不适当的语句，考虑到当时的时代背景和作者的表现意图，仍保留原文。”大概也是针对这些内容而言。这里强调一句，我们现在读到的是全译本，没做任何删节。我觉得，删节是一种剥夺读者知情权的行为，粗暴并且愚蠢；原编者和中译本出版者的态度则值得称道。小津当年曾参加侵华战争一事，早已由田中真澄等学者披露，《小津安二郎周游》译本既已面世，对于我们就不再是什么秘闻。而且这只是小津一生中的一段经历，后来他拍了著名的反战电影《风中的母鸡》，不能说对那场给中国和半个世界，同时也给日本带来巨大灾难的战争没有反思。虽然他自称这部电影“实在不是好的失败之作”，但在佐藤忠男看来，乃是“深刻地挖掘了战败的根本问题的作品”。

第一章

我是电影小导演

处女作前后 咖喱饭

现在的年轻人要成为独当一面的导演相当困难，但我很幸运，竟然因为咖喱饭就当上了导演。制片厂还在蒲田的时候，我是大久保忠素导演的助理。那时候的导演威风八面，但是助理导演却等同杂工，一手包办大大小小的事务，工作繁忙，连抽烟的时间都没有。所以总是觉得肚子饿，唯一的享受就是吃饭。

有一天，拍摄工作拖得很长，到了晚餐时间还没结束。我又饿又累，可是大久保导演还指示这指示那的不肯收工。我越来越气，忍不住抱怨，又不是什么需要熬夜赶工拍摄的了不起的电影。

好不容易终于收工，可以吃夜宵了。餐厅虽要排队，但是早到早吃，我急忙找个位子坐下。

热气腾腾的咖喱饭从餐桌那头按顺序发过来。咖喱香味直渗到肚皮里。当我垂涎三尺、眼巴巴看着就要发到我这边时，导演进来在餐桌边坐下。我当然认为下一个就该发给我，可是盘子放在了导演面前。我气得大吼："按顺序！"马上有人说："助导的往后挪！"什么话！我看清楚是哪个家伙，起身就要揍他，结果被人拉住。但我还是继续怒吼："快点上饭，按顺序！"当然，我还是吃到了一盘分量十足的咖喱饭。

这件事传到当时的厂长城户四郎那里。他大概觉得我是个"有趣的家伙"，隔月就要我"拍部片子来看看"，于是拍了古装片《忏悔之刃》。

不是头脑优秀，也不是才华受到赏识，只是托了咖喱饭的福。那是一九二七年春天的事。

（《电影旬报》，一九五〇年三月上旬号）

小津安二郎谈艺术

是因为电影导演这个行业看起来既有趣又赚钱吗，常常有人跑来跟我说：“我想当导演。”我自己也是因为喜欢才走上这条路，对别人的想法不能多说什么，但可以确定的是就算有趣又赚钱，要在这行立足也需要相当的耐性和运气。首先，电影公司很难进，苦熬十年、十五年的助理生活很平常，到时能不能成功，不做做看还是不知道，所以非常困难。

这恐怕比学校毕业后当个自立门户的医生的几率还小。对于明知如此仍坚持问“要当导演的话该如何学习才好”的学生，我必定这么说：“先做好学生的本分，读书为先，再来谈导演的修习。”

然而，这个导演的修习，老实说我也不清楚该怎么做才好。博览群书是必要的，不懂人生世事也不行，还需要特别的专业知识。像我的情况，虽然志在导演而入行，但当时导演部名额满了，于是被分到摄影部，从助理做起，反而成了很好的修习。

那时候当然是默片时代，我做了不少助理工作中的剪辑，对后来帮助很大。以前的剪辑，不像现在是由专人按照分镜头剧本用样片进行初剪，而是直接把底片冲洗成一定数量的正片拷贝后再仔细剪辑。而且常常要赶着上映，一个人忙不过来，于是大家分工，每人分到一份拷贝。所以我就擅自试着把一段长戏交叉剪辑，变成倒叙，或是改变插入字幕的地方。

因此，有时候出现一号拷贝有八千英尺，但三号拷贝只有六千英尺的情况。不过，这样也算过关，所以蛮轻松的。我就是在那期间得以迅速掌握剪辑的构成及其引发的变化。

另一个好处是，我虽然属于摄影部，但将来还是要当导演的，所以在摄影部有如机动人员，时间很多，得以从旁观察导演的工作。只是薪水很低，每月二十五日元。尽管物价便宜，这点钱还是连买香烟都不够。但我也会想办法，最常做的就是多接剪辑工作，而且晚上总有几个剧组在拍戏，只要到那边逛逛，招呼一声“喂，拜托啦”，就能弄到夜班津贴。这样东拼西凑，也有四五十日元，零用钱总算有着落了。

在这种状况下，好不容易熟悉了制片厂的气氛，我入伍当了一年志愿兵，退伍后终于转到导演部。最先跟的就是现今早已引退的大久保忠素导演。当时的助理导演有三个，我当然敬陪末座，为首的是斋藤寅次郎，其次是佐佐木启祐。大久保导演是喜剧专家，门下出了斋藤自是当然，但也出了我这样的导演，就有点奇怪了。不过我在初期也拍了不少喜剧。《太太不见了》《搬家的夫妇》《肉体美》《宝山》《突贯小僧》等,都是昭和三年至昭和四年（一九二八年至一九二九年）之间的作品。

从前在大久保导演手下时，我有意想不到的幸运，现在我才敢说，就是大久保导演常常腹痛休息，丢下一句“拜托了”，人就消失无踪。他不在的时候，助导们就一起商量怎么拍，我也因此能在助导时代就实际做着导演的工作。

那时我也写剧本，这是默片时代的需求所致。毕竟每星期都要赶着出时装片、古装片和喜剧短片，别说编剧了，就是导演也必须经常提出有趣的大纲和剧本。每当大久保导演问“有东西没有”，兼差赚钱的魅力顿生，于是大伙儿集思广益，写出许多剧本。自不待言，这对后来的我帮助不小。

这个时候的日本电影，观众品味低级，剧本也不得不跟着低级。但是低级归低级，有没有完整的结构、大纲和人物描写等,拍出来的东西仍然有优劣之差。我秉持这些概念认真地写。当时，城户厂长认为“导演若不会写剧本，就分不清剧本的好坏”，会让有望独当一面的助导“写个剧本来”，这已成定律。照顺序来看，我也差不多快到受命“写个剧本来”的时候了。这是损友清水宏和五所平之助偷偷告诉我的。这个剧本如果及格，就能当上导演。

抱着这个期望动笔，才写到第三天，城户先生果然叫我“写个剧本来”。我急忙写好送上去，就是《瓦版大山》，后来由井上金太郎执导。

我打算自己执导而写的《瓦版大山》提交上去后，评语是“完成得不错，但作为导演的处女作过于艰涩”，被暂时束之高阁。既然这样，只好请野田高梧写一部古装片《忏悔之刃》，作为我的处女作。我和野田的组合就始于那时，直到现在还是搭档，相当有缘。但私底下说，这个故事是从不久前看的美国片《捉迷藏》中得到灵感，照我们自己的解释改编成日本古装片，说起来是有点丢脸，但成为独当一面的导演后，遇到了更多意想不到的事。

当助理导演的时候，心里常常瞧不起导演：“拍那一幕，从这边的门进去，再从左边出来就好了，导演在干什么啊！”等到自己当了导演一看，才发现那一幕还真的必须那样拍。订制服装道具已够麻烦，到了开拍阶段更是棘手。当了导演以后才知道，助导的牢骚是建立在有导演把关之上的。就在我专心拍片时，接到了预备役的演习召集令，进入伊势的兵团。因此最后的剪辑是委托别人，第一个镜头也是请斋藤寅次郎代为拍摄。入伍期间，风闻种种消息，知道该戏终于完成，总算放下心来。退伍后回到蒲田制片厂，大吃一惊。

由于古装片部移往京都，蒲田组等于解散。我好不容易学到的一点经验全部泡汤，于是不客气地连续拒绝了两三部上面派下来的剧本。比我稍早出道的前辈兼朋友五所平之助、重宗务、清水宏等人都劝我："这样不行哪，别再挑三拣四，得做点事情。"因此，我又开始写剧本。最先完成的是《年轻人的梦》，是今天所谓的励志片。之后工作顺利，虽然别人说我作品不多，但在昭和三年，我拍了《年轻人的梦》及另外四部电影，昭和四年还拍了七部电影。

那时没有样片（将每天拍摄的戏份洗到粗制胶片上试看），也没有剪辑师（将拍好的胶片按照剧本进行取舍剪辑的人），从头到尾都是我一手包办。即使是在默片时代，要拍出这么多片子也相当忙碌。夜间拍戏是稀松平常，通宵熬夜也不稀奇。我拍《宝山》时赶着上映，连续五天没有合眼，真是不知今夕何夕。第六天早上杀青时，走到摄影棚外，看到大家在玩传接球，我也下场一起玩，连自己都佩服自己年轻时的厉害。

但这番勉强让我后来尝到了苦果。从那以后，脑袋某个地方有点木木的感觉，幸好没有大碍。健康是我的财产之一。导演就是需要这样严苛地使用肉体和精神，是这两样不够强悍就无法胜任的行当。

我这时的作品，从《太太不见了》《南瓜》《搬家的夫妇》《肉体美》等喜剧到《我毕业了，但……》《公司职员生活》等，领域截然不同。也就是说，我已是可以拍摄自己想拍的东西的身份了。只是当时的一流导演野村芳亭、岛津保次郎、牛原虚彦、池田义信等人掌握了当红明星，尽拍大片，我们这些新手能拍的有限，演员也都是新人，内容也多半限于喜剧片、学生片，而且经常被上映日期赶着拍。

我老是用笠智众、斋藤达雄、吉川满子、坂本武、饭田蝶子等配角拍片，就是这个缘故。川崎弘子、水户光子等人能够从默默无名变成明星也是这个原因。虽然有例外，但我认为明星还是需要经过一段打拼再冒出头来，这样他们不但非常熟悉制片厂的氛围，也能理解底下人的辛苦，不会在现场出现摩擦，而且演技有弹性，能够随机应变。在这期间，我们拍了“喜八”系列，由坂本武出演，其中有段故事。

那时我和长年搭档的野田暂时分开，改和池田忠雄合作。我是深川人，他是下谷人，都在旧市区长大，于是以旧市区里常见的熊公、八公[①] 之类的人为主角，共同制作了《心血来潮》《东京之宿》《浮草物语》[②] 等片。我也是从这个时候开始拍摄长片。

我是好恶分明的人，作品会有种种习癖也是没办法。其中

①落语中经常出现的两个人名，后来指随处可见的平民百姓。（全书无特殊说明，均为译注。）

②《心血来潮》《东京之宿》《浮草物语》被称为喜八系列三部曲。

之一是摄影机的位置很低，总是采取由下往上拍的仰视构图。这始于喜剧片《肉体美》的场景。虽然是在酒吧中，但拍摄能用的灯比现在少得多，每次换场景就要把灯移来移去，拍了两三个场景后，地板上到处是电线。要一一收拾好再移到下个场景，既费时也麻烦，所以干脆不拍地板，将镜头朝上。拍出来的构图不差，也省时间，于是变成习惯，摄影机的位置越来越低，后来更常常使用被我们称为“锅盖”的特殊三脚架。

这是从第一部电影就开始合作的摄影师茂原英雄和我动脑筋做出来的。因为拍摄时必须躺着通过镜头往上看，他常抱怨和我搭档老是脖子疼，这个困扰后来也传给他的徒弟、如今也是我搭档的厚田雄春。不过，最近摄影机的位置已抬高了一些。

说到搭档，一年到头和同一个人共事，不管好坏，总是会有争执，但我觉得如果彼此不能一点就明还是不行。我常和野田高梧一起写剧本，窝在茅崎一两个月，我们的酒量、喜好的菜肴，还有熬夜晚起等习惯几乎一致。如果夜里他抛下我自己跑去睡觉，我是写不出来的。同样的，我找完全陌生的演员时也非常挑剔。如果是以剧情为主的电影还不那么麻烦，如果是需要演员呈现性格的作品，就必须相当挑剔了。

那时，拍一部电影很费功夫，自然想找熟悉的人。为了拍出我要的水平，有时一直重来，一个晚上只拍一场戏，但现在已经没那个耐力，在那个人能做到的最好程度，我就妥协了。

正因为我是这样的人，所以对演员的看法也和别人不同。拍《麦秋》时有人推荐二本柳宽，我去看了他演的《战火的尽头》，非常满意，符合我需要的清新感觉。山村聪则是他因别的工作来大船制片厂时，我看到他在餐厅吃午餐的样子，立刻起意请他拍《宗方姊妹》，效果也不错。《晚春》和《麦秋》两部片子都请原节子担纲。但在那之前，有个对她来说非常不幸的传言——据说原节子不会演戏，我还有点担心，结果是杞人忧天。

依我看，她不是用夸张的表情，而是用细微的动作自然表现强烈的喜怒哀乐的类型。换言之，她即使不大声呵斥，也能够表现出极度愤怒的感情。原节子这样的表演能轻松展现细腻的感情。反而是有些被誉为“戏精”的演员，该怎么拿捏分寸都要我一一说明，实在困扰。例如演个老人，就会模仿得过头。要不就是没有个性，老是问我想要怎样。

《茶泡饭之味》的社长角色拜托了石川欣一，他不必演就已像个社长，默默坐在那里，一副社长风范。所以我只挑剔小道具和服装。例如壁龛的挂轴和摆设一定要真品，如果摆出赝品，我首先就不快。演戏的演员想必也会这样。骗得过人的眼睛，但是骗不过摄影机的眼睛，还是真品经得起拍摄。

因为这种个性，我不喜欢现在流行的演员同时赶拍两部戏，也感到困扰。演员无法同时认真扮演两个角色，如果耗尽全力演我的作品，就可能随便去演 B 的作品。我认为这是日本电影界必须尽快解决的问题。这种情况多了，大部分电影人都会变成电影匠。再怎么高明，匠人的本事还是有限的。幸好在战后尤其是这两三年，社会对电影的看法也变了。

在我那个时代，光是要进电影界，说出来就不中听。要当演员的，只限于为生活所迫或是家业都在这行的人。现在，演员是个亮眼的职业，要进电影界应该没有任何障碍。这是今后想成为电影人的年轻人的幸运，因此，我们也必须努力累积不辜负社会期望的工作成果。

就要过年了。坊间一片忙碌，我为了商量下个工作，于三四天前来到汤河原。这次依旧是和野田高梧同行。我们的工作方式并不是条理清楚地讨论，而是在闲聊中决定方向。东拉西扯中，先笼统地确定“怎样的人过着怎样的生活”的主题。接着想出某个事件，加进去后形成情节，人物对话的片段也跟着出现，然后主线就完成了。跟着搞定台词。因此，我们的初稿就是定稿。那时当然多少会预想一下演员，依据那个人的风格和特色而写。所以实际拍摄的时候，预想的人选改变或是那个演员不能照我的期待表现，就非常苦恼。

常常有人说我拍戏很坚持，总是要让演员按照我的设计展现演技，或是拍摄效果还可以，却还想“能不能更好”而要求再来一次，都是我对电影的贪婪所致。还有 A 和 B 互斗的场面中，A 表现好 B 表现差，或 B 表现好 A 表现差，就更加困难。连导演都这样，原作者看了想必多半会失望。因为原作者想象的人物很难和演员合而为一。在这个意义下，《乱世佳人》由克拉克·盖博扮演瑞德·巴特勒，堪称上上之选。这也是我多半拍摄原创剧本的理由之一。我不擅长拍通俗剧，因为通俗剧的根本是以看到境遇比自己悲惨的人而流泪为乐，因此出现的角色多是无知而偏离常识，故事不自然也是必然的。这我做不到。就算是要观众掉泪，我也不愿意使用催泪的方式，而是希望观众自然地感伤。

拍《宗方姊妹》是公司的意思，是用大佛次郎的原作和演员都已决定后才拍的。《晚春》的灵感得自广津和郎的《父与女》。这两部片子都与原作有些不同，没办法，这是文学与电影的差异。我记得《晚春》的试映会后，里见弴先生跟我说："结尾的部分如果改成女儿结婚那晚，父亲寂寞地独自回家，不是从大门而是从厨房送走看家的人，要进客厅时忽然仰望楼上女儿的房间……"真是感激不尽。这个批评虽然已赶不及用到那部作品中，但对我以后的作品定有帮助。

我几乎不用移动、重叠（一个画面将要消失时下个场景叠加上来的方法）、淡入淡出（一个场景渐次变暗消失或逐渐变亮消失的方法）等技巧。如果机器设备不是相当好，这些手法会使画面抖动或不干净。尤其是重叠，我总觉得这个手法有蒙混的味道。当然也有不是用于蒙混而是高度表现内容的例子。像刘别谦的《结婚集团》、卓别林的《巴黎妇人》，还有最近的《郎心如铁》中都可以看到，但那些都不容易模仿。

我还要坦承另一个毛病，我不喜欢拍外景。只要能在棚内拍的戏，一定拍内景。拍外景容易受天气左右，又不方便在众人面前指导明星，特别费心，也无法作决断。所以我的外景都照内景拍摄。和我相反的是已经过世的岛津保次郎，他的内景也拍得像外景。做法中庸的是清水宏，他照自己的方式轻松自在地拍，外景就像外景、内景就像内景。

关于音乐，我不啰唆，只要是不破坏影片风格、不与画面格格不入的悦耳音乐就好。但也不喜欢悲剧就用悲伤的旋律、喜剧就用曲调滑稽的乐曲。我希望用音乐营造出双重的感动。有时候，悲伤的场面衬以轻快的曲调，反而更增加悲怆感。像是卢沟桥事变后的修水河渡河战时，我在战场前线。战壕附近有一棵杏树，开着美丽的白花。中国军队展开攻击，迫击炮弹咻咻飞来，机关枪嗒嗒嗒响着，中间还夹着轰隆的大炮声。在那些声音和风中，白花非常美丽地飘散下来。我看着花，心想，也有这样的战争描述方式啊！这也是一个音乐和画面的例子。

我已经五十岁，幸好非常健康。喝酒适量，不再熬夜，最大的乐趣是睡午觉。导演生涯也迎来第二十七年。虽然因为战争，有七年的时间没拍戏，但到《茶泡饭之味》为止，一共拍了四十四部作品，希望今后尽可能活得长久，做喜欢的工作。

（《东京新闻》，一九五二年十二月五日、十二日、十九日、二十六日）

我是电影小导演

中学一毕业，就进入盼望已久的松竹

推开电影院的门，拥挤闷热的气息扑面而来。以前电影院叫活动小屋，在那空气混浊的小空间里待上十分钟，就会头痛，可是听到宣传乐队的声音时，又无法径自走过小屋而不入，电影就是具有这种不可思议的魔力。

我在东京出生，在伊势的松阪度过少年时代，看电影成瘾。到后来，感觉偷看学校禁止的电影反而比看电影本身还要刺激，更是乐此不疲。现在的人大概无法想象当时的中学生除了电影，也看《改造》和《中央公论》，不时热烈讨论，有没有读懂已经忘了，但求知欲就是那么旺盛。

那时我也大量阅读谷崎润一郎和芥川龙之介的小说。电影只看西方的，虽然有点任性，但真的瞧不起幼稚的日本电影。

当时的电影也只是顺着剧情演，根本无法表现人的感情。但托马斯·英斯导演的美国片《文明》，让人耳目一新。

这部被誉为超级巨作的电影确实非常精彩，那影像完全震慑住了我，我想当电影导演就始于此时。

父母希望我上大学，但我完全不理，根本没有读大学的念头。说明白一点，我大概讨厌读书吧。

我心中有股“不读大学也能做出一番事业给你们瞧瞧”的气概，因此想当电影导演的心意坚定不移。

幸好当时一位叔叔把地租给松竹，通过这层关系，我中学一毕业就进了松竹的蒲田制片厂。

现在说要当电影导演，别人会投来羡慕的眼光，自己也得意洋洋，可那个时代去拍电影就会被说成“沦落成那种货色”。但依然无法阻止我，父母非常失望，不过我除了自己想做的事情，什么也不想，什么也不看。

我虚岁十九岁时进松竹[①]，在那之前只看过三部日本片，公司高层非常惊讶。但是好不容易进来了，也不能不看看以前不屑的日本电影，因此拼命地看。

我是抱着自己也要拍电影的心情，所以每部片子都看得很仔细。眼睛紧盯前辈的导演方式，在脑中摸索自己的导演方法。我不愿意随便模仿别人。说我固执，是很固执，这是个性使然，没办法。所以我拍电影没有师父，完全靠自己的能力。

---

①小津安二郎生于 1903 年，1923 年进入松竹公司，此处疑为作者笔误。

如果以为导演便是拿着麦克风对着明星颐指气使的工作，那就错了。其实经常夜不能眠，苦思拍摄顺序和场景构成，光在旁边看着都觉得累。但身在其中，也不知不觉生出创造的乐趣。有着天生不服输的强悍，才能不向任何障碍低头，成为独当一面的导演。

（《我的少年时代》，牧书店，一九五三年）

彼时彼日

这是很久以前的事了。我的《我出生了，但……》获选为十佳影片奖最佳电影[①]，松竹的高层对《电影旬报》的田中三郎说，那部片子拿最佳电影，很麻烦哩，因为那片子根本没人看，如果要表扬，就选衣笠君的《忠臣藏》吧。

如果是现在入选十佳奖，恭贺声会不绝于耳，但当时不然。影评人赞誉有加的电影肯定不卖座。因此，虽然获得影评人的十佳奖之誉，公司方面一点也不高兴，反而认为那家伙专门投影评人所好，完全不考虑观众的喜好。所以，当我的电影入选十佳奖，我就不去制片厂，总觉得不好意思，深怕碰到厂长。和当时比起来，现在的日本电影大有进步，观众的眼力也提高了，这应是电影旬报十佳奖的功劳吧。但也让拍电影变成更辛

①电影旬报年度十佳影片奖，由《电影旬报》于 1924 年开始举办，是日本电影评论界最资深、最具影响力的评选。《我出生了，但……》于 1932 年获得该奖。

苦的工作，要操的心也更多。在变成宽银幕彩色片以后更累，不能再像以前那样一年拍个七八部了。

十佳奖的评选方式虽有种种问题，但毕竟是几十个人的意见，大概还算准确。只是要以严格的意义来排定名次，应该很困难。我就常常不解自己的作品为何排名第一第二，这也是没有办法的事。

（《电影旬报》，一九五七年二月上旬号）

我好像老了

——我并不是抗拒什么才过着单身生活，只是不自觉地继续下来。对于女孩，我和世人一样，有喜欢也有讨厌，也不介意她们是短发、烫发还是日本发型。从个性上来说，我好像比清水宏更有做丈夫的资格，可是清水早就结婚了……岂不奇怪？开玩笑啦。说起来，大船制片厂的导演中只有我是单身，结婚早的助导有人已经有两三个小孩了。

——如果说没结过婚就不能准确描述中年哀乐、婚姻倦怠等没有体验过的事情，那么没做过扒窃、杀人、通奸这些事情，估计也不能准确描述这样的剧情啰？这种看法真的令人困扰。我会拍摄这种心境的片子，是想在只能拍喜剧的时代，在电影中加一点味道。大概从《公司职员生活》开始即有开花结果的感觉。我处理得非常轻松。但是，单身不便的地方也很多……

——我家中还有母亲，六十出头，非常健康。她会帮我挑选订制和服、指点我洗涤衣物等，所以在这方面毫无不便。至于婚姻生活的乐趣和生育子女的心境，哥哥已有两个小孩，所以我也能充分领会。我只是仗着身为次子的悠闲，不自觉地延长了单身生活。我常露出可爱的酒窝自嘲：要是在以前，我不是在家吃冷饭，就是过继给别人当养子了。我这份可爱，在女演员中，尤其在饭田蝶子和吉川满子等中年组眼里大受好评。

——我总是被人说看起来比实际年龄老，这点务必请帮我解释解释。但我发觉自己与入行时相比确实老了，从最近斋藤达雄评价我的工作方式说“你以前是个暴君”便可知。我的风评是讲究、坚持，但不知什么时候开始不像往昔那般精益求精了。这一点真是非常抱歉，需要重新加油了。单身汉就像个单身汉吧！怎么样，不行吗？

（《小津安二郎全发言》，泰流社，一九八七年）

我走我的路

大正十二年踏入电影界大门，至今已经三十六年，还真能靠这条路吃饭啊。若在一般的企业，去年就该退休了。我得过许多奖。至于入行的动机？因为喜欢电影。以前要看电影时就逃学，戴着鸭舌帽溜进电影院，为道格拉斯·费尔班克斯、珀尔·怀特等人着迷。我本来就没有勤学之志，所以当了导演。当时进电影界被称为不务正业，好像堕落一般。但现在进电影界已经没这么困难。没常性的我三十六年来走着同一条路，是因为感到自己所说的责任吧。

我在昭和二年因《忏悔之刃》当上导演，那是部古装片，但第二年，古装片就从蒲田搬到京都的制片厂拍摄，所以这是我拍的唯一的古装片。不过，我一直想拍一部写实的古装片。现在的古装片，演主公的都剃着青须须的武士头，好像《枕草子》里的人物似的白净光鲜模样。可是主公也会有感冒不剃发的日子，或是被刀片刮伤贴着膏药出场的时候吧……

《浮草》是我的第五十部电影。与电影发展初期我入行时相比，现在已有相当大的不同。我们需要依赖技术部门的协助，算是依赖外援的工作。我有自己的做法，但认为电影还没有文法。因此，我很欢迎新浪潮电影，也希望大量涌现有个性的新人导演。

这五十部电影没有一部是存心拍坏的，要问我最满意的是哪部，我真不知如何回答。今后，只要身体条件允许，我还会喝着喜欢的酒，以“小津风”继续拍电影……

（《小津安二郎战后语录集成》，电影艺术社，一九八九年）

拓展世界之片

回想《心血来潮》

这是无声电影末期，我想进一步发展过去的市井人物作品以开拓新境界而拍的片子。

因为我已厌倦日本潮湿阴郁的气氛，很想把我的世界扩展到摩登的现代。牙刷、肥皂等所有小道具都使用舶来品，我还住在饭店里写剧本，现在回想起来，那时候还真的在耍时髦。但那也是一种想以默片的方式得到有声电影效果的尝试。

姑且不论结果好坏，只是野心勃勃地企图用铜版画来呈现浮世绘。

（《小津安二郎集成Ⅱ》，电影旬报社，一九九三年）

我的毛病

我很喜欢也很尊敬洗练优美的志贺直哉文学。我和志贺先生交情不错，但电影是不同的领域，我想以简洁的风格达到那个境界，拍出电影的洗练完美。

有人跟我说，偶尔也拍些不同的东西吧。我说，我是“开豆腐店的”。做豆腐的人去做咖喱饭或炸猪排，不可能好吃。这次的《早春》剧本还差三分之一才完稿，我想七月左右开拍。

我没有催促别人的毛病，总是以和为贵。

有人从作品来看以为我个性阴沉，且慢，我可是具有能自然展现喜剧风格的开朗性格。

（《小津安二郎战后语录集成》，电影艺术社，一九八九年）

我与《电影旬报》

我开始看《电影旬报》是三十多年前。《旬报》欣逢四十周年，可喜可贺。一本电影杂志能够持续四十年，在全世界也绝无仅有吧。因为这个绝无仅有，我一直珍视《电影旬报》。比如我想不起十四五年前一部片子的内容，就抽出《旬报》来看，都登在上面，实在难得。这是《旬报》在不太重视影评的时代的特色。我希望它今后仍将其作为重点发展。

《电影旬报》每年都会盛大评选十佳影片。刚开始可能是太过仁慈，获选为十佳的电影都不卖座，发行公司并不感冒。最近因为大众传媒的发达，宣传无处不在，入选十佳的电影和票房也能一致了。以我而言，以前获选十佳奖觉得特别困扰，连续三年都入选最佳影片时，如果有个地洞，我真想钻进去。因为公司都说，你老是拍想拿最佳影片奖的文艺片，专拍不会赚钱的电影。

（《电影旬报》，一九五八年七月上旬号）

这里是楢山[1]

母亲生于明治八年，育有三男两女，我是次子。姊妹兄弟各自嫁娶，只剩下母亲和我同住，已经二十多年。

大概在单身的我这里住得舒服，也可能是对我还放心不下，母子俩就这么悠闲度日。

母亲早睡早起，我正好相反，即使在家里，我们也难得一起吃饭。

到去年为止，母亲还很健朗，可以独自准备三餐、装卸木板套窗、帮我整理被褥。但今年开始有点精力耗尽的感觉，于是请了帮佣。这也难怪，她已经八十四岁了。我深深体会到人是越干越能干，五十五岁、六十岁退休太早了。

我现在住的房子在北镰仓的高坡上，出入都要爬坡，因此母亲很少出门。她好像已经认定这里是楢山了。

---

①出自深泽七郎的小说《楢山节考》，叙述某个赤贫山村为减少吃饭人口而沿袭下来的一种传统：由家人将年满七十的老人送到楢山，活活等死。

年轻时的母亲是魁梧高大的姑娘，现在依然是高壮的老婆婆。我虽然没背过她，但肯定很重。

背着老母亲上楢山，
可是她太重了，我背不动，
只好哭着上山。

如果这里是楢山，她愿意永远待在这里也好，不用背她上山，我也得救了。

（《文艺别册 小津安二郎》，河出书房新社，二〇〇一年）

第二章

电影没有『文法』

电影没有“文法”

我进蒲田制片厂开始电影的修习，已是大正末期，也是所谓的活动影画终于变得像电影的时候。电影一词，知者无几，但我们这些年轻人却一天二十四小时都在讨论电影，喝酒的时候谈电影，进了电影院也在黑暗中拼命用脑子做笔记。最近看电影只是觉得有趣，但那时会研究什么地方改变场景、采用什么拍摄方式等，在那种紧张的看法下，也不觉得电影多么有趣。

正好那时，维克多·弗里伯格在美国出版《电影制作法》，翻译成日文后相当轰动。书中提出“电影具有文学要素、绘画要素和音乐要素，因此是艺术”的平淡无奇的本质论。现在想起来，是把很简单的道理故意写得很复杂，就好像说“这个蒟蒻浸过酱油，加了糖，再撒一点辣椒，所以好吃”一样。

但是弗里伯格的《电影制作法》会引起轰动也不无道理。就在不久前——我的前辈们的时代——的活动影画时代，电影的女主角都叫花子，男主角都叫武夫。如果是外国片，女主角就叫玛丽，男主角就叫罗伯特。好像是清水宏想拍一部名叫《泪流满面的玛利亚》的片子，但公司高层说，玛利亚是外国女人吧，那就改成《泪流满面的玛丽》。玛利亚改成玛丽，故事就变得非常不同了。还有《道顿掘进行曲》流行的时候，国内要翻拍外国电影——那个蒂蒂儿和米蒂儿兄妹的《青鸟》，也认为片名只有“青鸟”感觉很寂寞，所以特地改成《青鸟·红鸟》。如今想起来，那虽然是难忘的快乐时代，但也是和艺术无缘的时代。

那时令我感动的电影中，有刘别谦的作品。以前的电影都是好人追缉坏人，结果一定是好人得胜、坏人惨败，剧情不是追杀就是被追杀，背景不是西部小镇就是阿拉斯加雪地，故事大同小异，只是背景不同。但是到了刘别谦，确实向前迈进了一步，生动地描述出人的感情和心境。对现在的人来说，那没什么值得惊讶的，但在当时是一大革命。因为当时还是无声电影时代，没有对话没有独白也能逼真表现片中人的悲哀喜悦。而且不是单纯的悲哀，是那种笑中带着悲伤的微妙复杂的感觉，在刘别谦、卓别林和蒙塔·贝尔的电影中都有。

从那以后，很多电影开始加入这种世故的要素，于是又向前迈进一步，发展为像文学那样以表现人性或性格为主题。而电影更进一步追求文学表现不出的电影独有的主题、群体性的行为和空前的气势，则是很久以后的事。

年轻时有几部电影看了很感动，后来再看时却觉得无聊，这种体验常有。那是初看时的印象在记忆中升华美化，在脑中径自成长，最后变得与电影本身完全不同。有声电影初期的杰作《摩洛哥》几年后再看，我以为是特写的场面其实只是摄影机摆着不动径自转，与印象完全不同。芥川龙之介的小说《秋山图》，我虽不是当中的主人公，以前看也很感动，但后来再看，也常常感觉只是狐狸作祟。或许是因为观者的审美意识、环境和时代感改变了，但主要还是因为电影这门艺术的器材日新月异，那种类似《秋山图》的感受特别强烈。

美国著名导演格里菲斯第一次使用特写手法，已经是很久以前的事了。其实，这只是把歌舞伎使用的“面明”[①] 表演方式更大胆地运用在电影中。但银幕上大大地映出悲伤时紧握手帕的手，这种拍摄手法在当时是令人惊讶的新鲜形式。不久，随着摄影技术的进步，特写也开始用于捕捉表情的微妙变化，在表现激动的感情时使用特写也成了一种“文法”。

但我觉得在悲伤时用特写强调未必有效果，会不会因为显得太过悲伤而造成反效果？我在拍摄悲伤场面时反而使用远景，不强调悲伤——不作说明，只是表现。但我会在不需要强

①为了让观众看到表演细节，由助手持长柄烛台照亮表演者的表演方式。

调什么的场景使用特写，因为拍远景时背景太辽阔，我嫌处理背景麻烦，于是采用特写消除周围的背景。我认为特写还有这样的效用。此外在刻画节奏等诸多方面也很有效。因此，把格里菲斯的特写当作一种“文法”似乎过于拘束死板。

这种“文法性”的想法并非始于特写。在日本企图把电影行业企业化的时候，栗原托马斯从美国带回各种电影技术，这时有如“文法”般吸收这些技术的方式，就是金科玉律的电影文法论之始。

例如，有这样的文法。摄影机轮流拍 A 和 B 对话的特写时，不能跨过连接 A 和 B 视线的那条线。也就是说，在线的这边稍远处拍 A 的特写时，A 在画面上的脸向着左边。接着，摄影机移到同一边的相对位置拍 B 的特写，这样，B 在画面上的脸向右，两者的视线在观众席上交叉，产生对话的感觉。如果摄影机跨过那条线就绝对无法形成对话感。

但我认为这个“文法”有些强词夺理。我拍特写根本不管是否跨过联结 AB 的线。这样一来，A 的脸向左，B 也向左，他们的视线没在观众席上交叉，但一样能拍出对话的感觉。

使用这种拍摄方式的，全日本大概只有我，恐怕全世界也只有我一个。我这样做已经三十年了，朋友们——已故的山中贞雄和稻垣浩、内田吐梦都说我的电影不易看懂，因为拍摄方式不同。我问是不是直到最后都看不懂？他们说不是，只有刚开始的时候，但很快就习惯了。因此，只要用远景交代清楚 A 和 B 的位置关系，从任何角度去拍都无所谓。A 和 B 的视线在观众席上有无交叉也没那么重要。看来，这种“文法论”过于牵强，受限于它未免太拘束了。电影不是就应该轻松悠闲地拍摄吗？

日本一有新技术引进，就立刻誉为某某论，并将之“文法化”，究竟是怎么回事？淡入淡出也一样。因为是一天的结束，所以必须用淡出把画面变暗，或者画面开始的时候必定用淡入。以前则是用圈入圈出那种将画面缩成圆圈的方式。

但是，这些并非电影导演想出来的，只是摄影器材的一个功能而已。调节快门，按下按钮，关闭着的东西就会豁然打开，呈现在画面上的就是淡入。

亦即有人把只是机械功能呈现在画面上的淡入淡出技术当成“文法”，说得像真的一样，其实是没有定见。那根本不是什么文法，只是机械的属性，就像书本的第一章前面多加一张空白页。

在这方面，我——虽然有人认为我是非常传统的方法论者——是一个非常乖僻别扭的导演，淡入、淡出，还有重叠，这二十五六年来一次也没用过。我认为即使不用这些技术，一样能如实传达感觉。

我生性别扭，成为文法否定论者也很正常，但在我的电影修习时代，文法论真是甚嚣尘上。有个影评人认为电影俨然具有文法，偏离那些文法的表现方式，就被他贬为不是电影。看看那时候的电影鉴赏入门书，总是写着重叠如何、应该用于此时等内容。这是为鉴赏者而写的书，一般观众看了一定以为那个导演没用重叠，可能是不懂电影文法。导演也会考虑是否在这个地方采用重叠。真不懂那到底是为了谁的文法。

我觉得，文学里的“文法”是牵涉人类生理反应的问题。弄错了动词的活用形[①]就很难理解，时态也会不清楚。必须尊重这种有关生理的事物。但是电影中所说的“文法”只是表现上的特殊技术问题，并不牵涉观众的生理。而且现在观众的眼力也相当高。以前这样的场面观众不会笑，但现在他们笑得很开心，也常有让我惊讶的细腻反应。也就是说，观众本身具有很高的电影感觉。被影评家赞许为符合“文法”的表现方式，观众却觉得这个遵循“文法”的拘束画面无聊。吸引观众走进电影院的，是和观众生理相关的电影感觉，并非导演技术上的文法。文章亦然，符合文法的文章未必是美文，这可能也是文学的感觉问题。

---

①日语动词的词尾变化形态，共有6种，通过词尾变化来表达主被动、时态等信息。

电影的感觉并不是艰深的问题，只是如何引发观众生理上的共鸣而已。如果无视观众的生理，就像弄错动词的活用形，只会一团混乱，无法正确表达。例如刚才 A 和 B 对话的场面，特写从哪个方向切入都无所谓，但如果没有先明示对话者的位置关系，观众就会产生混乱，无法进入电影中。从这个意义上来说，电影与观众的生理反应对接非常重要。

前些时候，有朋友拍摄了八毫米的小型电影，希望我评论一下。我去看了，拍的是一家人野餐时其乐融融的情景，但是我感觉不到家人团圆的气氛。小孩向着摄影机要面包吃，母亲向着另一个方向递出面包，观众完全无法理解他们的距离和位置关系。怎么拍才好见仁见智，但如果是我，一定先越过母亲的肩膀拍小孩，然后再拍母亲与小孩。

我认为，电影感觉的基础，应该是自己先这么想，再去想如何让这个想法唤起观众生理上的共鸣，一切从这里出发。这种事看起来微不足道，但是感觉敏锐的人都会这样想。

可是，许多刚出校门、充满新鲜电影感觉的年轻人，进入制片厂经历近十年的助理导演生活后，不知不觉磨损掉了自己的感觉，好不容易独当一面成为导演时，已经和周围的空气同化，对自己的电影感觉失去自信，从而想依赖某个导演的方程式。于是，遵循金科玉律的电影文法论就变成一条安全之路。虽然观众早就毕业了，但是电影导演还无法脱离文法论，一再重复陈腐的表现方式，实在是悲剧。

我当上导演在当时算是比较晚的，但也不过二十四岁，还是想玩的年纪。当了导演，和家人一起好好吃顿晚饭都不行，常常自己一个人窝在楼上，感叹必须为明天作准备的不幸。比较起来，现在的人想当导演却很难如愿。在五年十年的修习中，把重要的电影感觉磨损殆尽，这个结果令人难过。虽然同情年轻人，但用“文法”来掩饰感觉的枯竭，对不起花钱来看电影的观众。想到电影艺术的将来，我忍不住寒心。最近法国出现许多二十多岁的电影导演，制作了不少掀起话题的电影，这个新闻让我兴奋。我期待日本也能有这样的年轻导演以年轻的感觉拍出新的电影。基于这个意义，我还是想强调电影没有文法。

（《小津安二郎战后语录集成》，电影艺术社，一九八九年）

电影的文法

写文章有文法，电影也有类似文法的东西，这似乎已是常识。如果说这就是电影的文法，那我还是认为电影没有文法。所谓的电影文法，其实并不是严格意义上或正确意义上的文法，所以我很想说，不能被这个文法束缚。

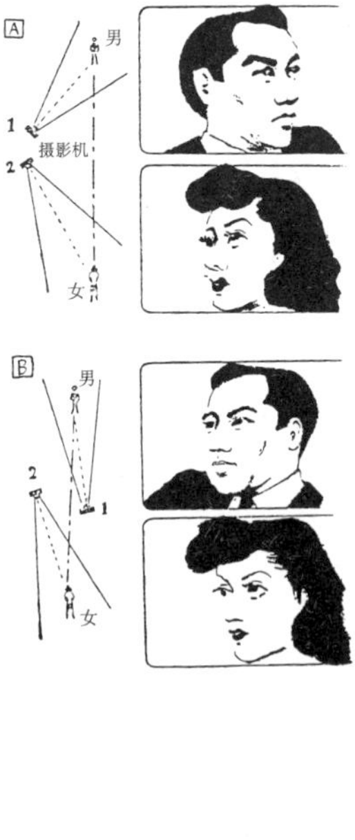

人们常把这些文法当作电影导演的常识。例如拍摄一对男女相对交谈的场面时，摄影机不能跨过连接男女视线的那条线。更具体地说，如同 A 图先从 1 的角度拍摄男人，从观众席上来看，画面上的男人视线略微看着右边。接着从 2 的角度拍摄女人，画面上的女人视线稍微看着左边。观众先看到看着右边的男人，接着看到看着左边的女人，可以感觉他们两人是面对面，因此拍摄相对的两个人物时，摄影机位置只能在连接两人视线的那条线的同一边，这就是常识。

但是我拍摄时，画面上先出现看着左边的男人，接着是也看着左边的女人，但是看着画面的观众（当然也包括我自己）能够自然地理解这两人是面对面，这种拍摄方式无视所谓的电影文法，要说明其理由，请看 B 图。

先从 1 的位置拍摄男人，然后从 2 的位置拍摄女人。这样拍出来的男人和女人都看着左边，摄影机也跨过连接两人视线的那条线，从右边移到左边。这明显违反文法。

我想或许有别的导演也用这种拍摄方式，每次看电影时都特别注意，但迄今看了一百多部电影，只发现法国导演莫里斯·都纳尔的《隐秘的春天》里有一瞬间采用了同样的拍摄方式。

这个电影的文法是栗原托马斯从美国回来时告诫年轻电影导演的一番话,之后在日本电影制作界沿袭下来。我的旧作《独生子》的试映会后，我在内田吐梦、稻垣浩、清水宏、泷泽英辅等导演的聚会上听了他们关于这部片子违反文法的意见，稻垣浩说只有刚开始的时候感觉奇怪，后面就不在意了。从那以后再没听过有关这方面的不同意见。

如果不可以越线是惯例，那么违反惯例就应该出现某种破绽。既然没有任何不自然的感觉，这个定义显然并非绝对不变。

电影的文法终究只是常识，沿袭这常识无可厚非，也没有刻意打破的必要。我敢于尝试违反这个文法，最初是因为遵循这常识拍摄室内的人物与背景时，无法自由表现现场的感情和气氛。

在日本和室中，人物坐的位置几乎是一定的，房间最大也不过十叠，摄影机的移动范围非常有限，如果遵循这个文法，其中一个人物的背景就只是壁龛，另一个人物的背景只是拉门或走廊。这样怎么也无法表现出我需要的场面的气氛。于是试着违反文法，之后发现那根本不是文法。

特写一直被称为更细腻地表现或强调感情的技法，但是要强调剧情感觉，有特写和远景两种方法。具体地套用在拍摄现场，例如有个助理导演谨记“特写是表现戏剧感情最高潮的技法”的文法解释，在导演推近摄影机拍摄时，立即领会导演已经用特写镜头表现了剧情高潮，在他担心下一个重大场面该如何拍摄时，导演却忽然将摄影机迅速退后，以远景拍摄他以为会用特写拍摄的更高潮，这下他完全不懂了，在试映以前多半无法理解导演的意图。

特写，关系着电影中最重要的“省略”问题。

省略——例如显示时间经过，早期的技法是从淡出转为淡入，仔细一点的会显示时钟或日历，但这些现在用剪辑就能充分表现。

但这并非只是字面意义的省略，而是为了更细腻地强调某一部分，营造出剧情的节奏或者说强弱，而省略其他部分，具有重要的意义。它不是外在的，而是内容上的，就像绘画疏笔淡描一个部分而让细腻的部分更添精致之感一样，电影中的省略是掌握戏剧生命的关键。运庆和湛庆的画、松尾芭蕉的俳句等，都高度地表现出这种省略的极致。

因此，当我认为远景是最适当的表现时，为了发挥远景的最大效果先进行特写，这个特写只是强调远景的前提，本身并不强调什么。把特写当作夸张事物的技法，就像考试时死背答案一样。

弟弟死时，画面是主角整张悲伤的脸的特写，哥哥死的时候再放大一点，那么母亲死的时候只剩下鼻子和眼睛，到了最爱的恋人或妻子死的时候，画面岂不只剩下眼睛了吗？那独生子死的时候该怎么表现呢？

演员中一定也有人认为“这时候应该做这种表情”，像死背手册似的遵循这套表演方式就万无一失，这种学习方式也是错误的。

我曾经要一个女演员做出掉了钱时的伤心表情。她做了一个表情。我问她丢了多少钱？她说五十元左右。我要她再做一个丢了一百元的表情，然后是五百元，再来是一千元，可是表情没有什么不同。我开玩笑说，怎么丢得越多越不伤心呢？当然，这是我故意开的玩笑，但也能知道演员的演技除了自己的感觉外，真的没有基准。

我经常如此无视电影的文法。我讨厌重视理论，也讨厌轻视理论。或许我喜欢与人唱反调，但就爱以好恶来判断事情。

电影和美术、文学等其他艺术相比，还是个婴儿，应该还没有形成文法。我讨厌被文法拘束，讨厌被知识绑住手脚，如果电影的文法真的是优异如自然法则那样的不成文规定，那当今世界只要有十个电影导演就够了。

就像文学家创作文学时不拘泥于文法一样，我制作电影时也不想拘泥于电影的文法。我认为有感觉，但没有文法。

（《小津安二郎战后语录集成》，电影艺术社，一九八九年）

电影制作一思

电影导演最不安和焦躁的时候，是开拍后到杀青日期已有眉目之间。但那份不安与焦躁会在一定程度上被想制作好电影的期望抵消。

最高兴的时候，则是剪辑殚精竭虑拍出的底片到试映之间。试映评价很好时，那份心情是任何乐事都没得比的。我现在拍的《东京合唱》，正处在这个不安时期中。这部电影的内容可以说是为我量身打造，完全符合我的喜好。主演冈田时彦、斋藤达雄等也是合作多年的老面孔，更加默契。是绝佳的组合。

和前一部描写浪漫主义极致的作品《美人哀愁》完全相反，这部《东京合唱》走写实主义的极致路线。究竟哪部作品更符合现实社会的兴趣？我想是个有趣的研究。我对描写写实主义的心境有点自信，想拍出一系列有趣的佳作。我是彻底的分镜头剧本优先主义者，经常苦心筹划让电影更贴近分镜头剧本。

在这部《东京合唱》中，我正在努力贯彻自己的信念。

在电影已经百分之百占据民众娱乐的今天，我意识到必须有系统的电影学。我最感失落的是以活动小屋的性质来讨论、评价和制作电影，只把电影当作水酒生意，但求赚钱，全然不在乎它的内容和结构如何。

当今已经要求电影有确切的理论性手法。至少我是顾及这种说法才着手制作。如果能借此提升日本电影，我会感到光荣。因此，我正努力让《东京合唱》成为那个开端。

（《国民新闻》，一九三一年七月二十七日）

日本电影的国际化

我期待范克博士的《新土》尽快完成。这部作品是日本制作的第一部国际电影，希望借此机会促进今后电影制作的国际化。日本没有坐拥庞大资本的制片系统，无法立即实现特殊的要求，但有来自各方的努力。我希望这不是狭隘地介绍日本固有的艺术，而是通过电影，艺术性地介绍日本的风俗、人情、文化等。在有声电影时代，语言是否会成为障碍？看到外国电影能那样俘获日本国民的心，似乎无须担心这一点。我们应该思考如何将自己的技术磨炼到最好，否则就无法期望日本电影走向国际。目前日本电影偏居世界的角落，应该是向世界水平勇猛前进的时机。我也期望日本电影提升质量。但如前所述，最大的还是经济问题，这方面就要寄希望于有良心的企业家，我一直觉得电影票是不是太便宜了？能不能在这方面想点办法，多匀出一点资金制作电影？

（《报知新闻》，一九三六年十二月十七日）

关于电影性

到目前为止，我的作品中没有改编自小说的电影，几乎都是原创的剧本。

看到一本优秀的小说会大受感动，但这感动并不会成为我将它搬上银幕的动机，因为两者是完全不同的东西。我只会把那份感动放在脑中试着重放为电影。文学和电影的差别，就在于把这种感动转化成不同的东西。

既然是不同的东西，就不必将那部小说电影化。相比之下，对那份感动催生出的原创剧本的理解会更准确，也更轻松。至少我不需要逞能。当然，无聊的小说另当别论。

例如《春琴抄》。

电影化的《春琴抄》和原著是不一样的东西，很无聊。材料确实相同，但是内容展开的差异改变了电影化的新鲜感，也改变了电影导演的旺盛企图，反而把电影做小了。不能把谷崎润一郎和岛津保次郎的差别，当作文学和电影的差别。改编自泉镜花作品的电影，即使散发出原作的味道，那也只是导演本应具备的技巧。

最近，我想再从电影中看到电影。电影中有极具电影性的东西似乎也不错。以上谈的只是我自己。别人的情况我不知道。

（《读卖新闻》，一九四七年六月二日）

不说也罢的事

谷崎润一郎有部《文章读本》。

对懂文法或不懂文法的人，那都是学习文章写法的宝贵文献，里面有些句子也能直接拿来当成剧本写作的守则。

文章写法和剧本写法原有差别，但我太关切电影，还是认为志贺直哉的《在城之崎》才是剧本写法的范本。

自不待言，能从优秀作家的小说及其结构中，得到种种关于作品的暗示。

电影的说话之道——

为了让电影更像电影，存在运笔、语调、措辞等“说话之道”也无妨，但若当作一种掩饰剧情的便宜措施就不妥了。

如果是为增加电影的趣味而活用“说话之道”，并不丢脸。但如果是为了简单应付剧本结构的某个部分、作为逃避描写而用的手段，应该绝对排斥。

这种“说话之道”的用法，把电影的出发点完全带上了邪路。

我对无声电影并没有依依不舍。别人认为我对无声电影抱有依恋之情，让我非常困扰。

我只是一直没有制作有声电影的机会，只要有机会，我会乐于制作有声电影。

我认为无声电影已寿命无多。

如果有许多名人站出来，根本性地改革其结构及表现方式，或许另当别论，但照现在这个情况下去，只会暮色苍茫，步入衰亡一途。

有声电影的产生并非偶然。

首先，剧本所含的内容就具有电影性。

它应该是构成电影的“基础”，不应具有其他意义。

有人就是宁可把这种应该作为“基础”的剧本写得像“读物”，甚于像“基础”。

且不论将其当作单纯的读物的情况，实际上它用作剧本时就有太多不必要的形容词。

要在由大量文学性的——这部分请参照《文章读本》的劣文实例——累赘形容词堆砌而成的剧本拍成的电影中承担编剧的名分，作为编剧，不觉得落寞吗？

为了什么而写剧本——这是最重要的。

不管电影导演的败笔如何，若剧本本身无法呈现编剧的意图，那么在嘲笑导演的败笔之前，编剧先要反省自身。

而后还要继续嘲笑导演的话，我就把这当作是编剧的嘴脸之一，悉听尊便。

我的知己中有野田高梧，有池田忠雄。

因此，我在剧本方面的精进应是幸得百年知己。

（《电影旬报》，一九三五年一月一日号）

明星制度的滥用

明星制度以前就被视为电影制作上的策略。翻翻美国的电影年鉴，就可以看到诸如一九四七年最具票房号召力的明星是谁，一九四八年又是谁等由全国电影院经理票选推出的当红明星。有段时期，秀兰·邓波儿连续数年高居第一。这种票房显示出的明星人气在电影制作上拥有很大的发言权。

明星制度的基础发源于此，只要电影采取民营企业的形式，这种情况自是当然。换句话说，大众寄予明星的“人气”是电影作品的最大吸引力，除了特殊情况，没有电影制作者会对此不屑一顾。本来在电影产生以前，不论西方还是东方，明星制度在戏剧世界即已存在。在日本的歌舞伎界，这个特征尤其明显。电影也是一种戏剧形式，需要演员，也处于类似戏剧的环境中，明星制度因此诞生。但源自传统和历史差异的影响非常显著，电影和戏剧的明星制度在实质上有相当大的差距。

在电影方面，出现和产生明星的地点很随意，任何地方都可能出现明星，完全没有局限，是开放的，可能因容貌或类型飞上枝头。因此一旦登上明星的地位，他们多半忘掉要磨砺演技，容易被自己已征服世界的错误观念支配。但是在戏剧界，要爬到主角级别的地位必须历经相当多的阶段，需要长年累月的努力，无法一蹴而就。尤其是歌舞伎的世界，封建色彩浓厚，还有家世与资格的传承，无法轻易出人头地。然而，这个缺点可以激发演员对技艺之道的修习之心，在能独挑大梁以前费尽心血学习。当他们到达独当一面的明星级地位时，演技也迈入成熟期。

这和电影明星相较有显著的差异，让我感受到戏剧界明星制度的优势，也对电影界倚重明星制度感到不安。

我不是说演技不成熟就不能当电影明星，否则银幕上就永远看不到年轻的明星了。电影和戏剧不同，演技不成熟也能成为明星的有很多，目前的秀兰·邓波儿就是这样。但请各位明星放心，我想说的是明星只倚仗人气很危险。

仔细想来，明星是这个世界上非常有趣的存在。尤其是电影明星。他们不是因为演技精湛而受到世人喜爱。说他们是靠演技和才艺，不如说是靠本身的类型和天生的容貌得到大众的好感。当某个明星天生的类型和容貌符合时代的喜好、与大众憧憬的现代感觉一致时，就会得到连他自己都意想不到的人气。

这当然不是对卓越艺术家的尊敬，只是大众的憧憬与喜爱，是迷人的偶像。电影公司打的算盘就是利用这人气，因为惯例显示，对电影观众来说，电影的主要趣味就在于此。人们被明星身上散发出来的无名魅力吸引。有的是纯情可爱的美，有的是丰满妖娆的美，有的是凄婉哀切。有好汉的豪爽开朗，也有英俊男子的温柔。还有充满知性的高尚美，甚至是野蛮的化身、颓废的代言人。人们各有所“好”。

以《安城家的舞会》等几部作品走红的森雅之就是一例，在《酩酊天使》中三船敏郎忽然吸引了世人的目光。极端而言，这几近大众的偶像崇拜。

但对导演而言，这种明星为主的制度如何？我并不想否定它。虽然泛滥的明星制度令我困扰，但我认为一定程度上重视明星是理所当然。简单地说，有明星出演的作品是卖座的保证。不过我并没有依赖明星的想法，即使没有明星，我也有完成工作的自信，如果有明星也不觉得是麻烦，反而是一种方便，多半能成为助力。在这个意义上，我毋宁是欢迎明星的。尤其是演技扎实、领悟力高的明星，我更乐于共事，也这么做了。我感到困扰的是被迫使用因一时卖座而崛起的明星，若是素质极高的明星，则不成困扰。

至于演技，明星的演艺生命多半也受到演技左右，不论多么符合时代所好的明星，如果缺乏演技，也会在不知不觉中被世人厌倦。对演员而言，最重要的是演技和才艺。不用说明星，对所有演员来说，不懈地追求演技和才艺的进步都是不可或缺的条件。但现在的日本电影界，真正这么做的到底有几人？这个状态实在让人心虚。

大多数的明星都安于现在的人气，对磨砺才艺不屑一顾，忙着穿梭于各家公司谈片酬。真是可惜。

有的电影导演不太喜欢用明星，会避免现有的明星，挑选有实力的新人组成演员阵容，但这样做要有足够的自信，也要有完整的企划，因为在票房上要冒很大的风险。万一成功，就是前所未有的划时代作品，导演的野心也能开花结果，因此这种做法确实有趣。清水宏的《蜂巢的孩子们》就是成功的最佳例子。

不想用现成明星的导演，多半是有半纪录片倾向的人，原因之一是这种倾向的作品中如果出现现成的明星，往往会破坏写实的感觉。像半纪录式电影那种具有独特的逼真感、不使用摄影棚、需要完整呈现现场气氛的作品，出场人物若是平常银幕上熟识的明星，很容易坏事。因此选角时尽量选择观众不太熟悉的演员，更能产生宛如真实当事人的感觉。《不夜城》的成功，得益于滴水不漏地实施这个企划，因为我们除了巴里·菲茨杰拉德外，对其他演员几乎一无所知。

因为这个缘故，半纪录式电影几乎不用卖座的明星。但不是说明星就一定不适合半纪录式电影，有时候因为角色需要，也有明星出场，但一般提拔无名新人居多。再怎么说，半纪录式电影还是以导演为主，与明星制度的关系不甚密切。

话题再回到明星身上。不思考如何培养明星是日本电影的缺点。只想着使用现成的明星拍戏，瞪大眼睛展开激烈的明星争夺战。然而那些终究是今天的卖座明星，至于如何培养能肩负今后电影事业的明星，完全不去考虑。这种粗暴的使用方式恐将引发明星青黄不接的可怕事态。这是必然的趋势，大概不出五六年，日本影坛像样的明星即会绝迹。

这个问题，我们大家都该慎重思考。

在这一点上，以前的大船制片厂厂长城户四郎就极有眼光。他被誉为“制造明星的名人”，在明星的培养上，具有先见之明与手腕。他从新人中培养能独当一面的明星，深得个中诀窍。当时其他公司频频挖大船的明星，但不论怎么挖，大船还是能够源源不断培养出新的明星。这本事令人敬佩。大致而言，提拔新人时，上上之策是让新人搭配当红明星一起出演，这比让新人独挑大梁要安全，也能更快获得人气。秘诀是尽可能安排新人出演令人同情的角色，尤其是女演员，演大明星主角的妹妹或密友最好。观众会因为她和自己喜欢的主角（大明星）站在同一阵营而爱屋及乌，这样几次下来，也就喜欢上这个新人了。

城户制片人运用这个方法，不断输送出新的女明星，像栗岛澄子这样从妹妹的角色开始建立起今天地位的明星也为数不少。另外，城户也会要求导演给新人安排适当的角色，导演方面也乐于接受。但如果是现在，导演未必会轻易接受这种要求。现在和以前不同，导演是契约制，一部电影定输赢，所以不愿在计划之外冒险。为确保票房安全，选角时尽量选用现有的明星阵容。这也是新的明星无法出头的原因。

从这种情况来看，我们应该关心新明星的培养。如果没有后续的明星部队，电影企业也就失去了最有力的武器。对于明星制度的存续与否，我没有那么多依恋，只是想到明星身影寥寥无几的未来影坛，难免感到寂寞。

（《电影旬报》，一九四九年四月上旬号）

性格与表情

我认为只有表情好是不行的。只是精湛地表现悲伤与快乐的表情，也就是面部肌肉收放自如，我想很简单。

现在的日本电影演员绝不缺乏表情。虽然人们常说日本人没有表情，但至少在演员方面，与美国人相较表情并不缺乏。但不能说表情好就是优秀演员，在我看来，表情的好坏并不是问题。

重要的是性格。我认为应该是能掌握性格，掌握了性格之后，自然会释放出感情。若是不能掌握性格徒然释放感情，只是很会做表情的演员。如果只要悲伤就哭、高兴就笑，不必是电影演员，任何人都做得到。我觉得哭和笑的感情表现，最多占演技的三四成就够了。

导演要的不是演员释放感情，而是如何压抑感情。像《长屋绅士录》里的母亲——饭田蝶子有过度接受我要求的倾向，而且没有企图去超越母亲固有的性格。

性格是什么？就是人。人没有塑造出来就不行。我认为这是所有艺术的宿命。即使感情出来了，人没有塑造出来就不行。哪怕表情做到百分之百，也无法将性格表现出来。极端地说，表情甚至会妨碍性格表现。

谈到压抑，要如何压抑感情来表现性格呢？《侠骨柔情》中的亨利·方达在理发店喷了香水，霍地站起来——那就是约翰·福特的厉害之处。方达用脚顶着柱子，坐在椅子上大幅度后仰，冷哼一声。亨利·方达和约翰·福特气性相投，让我羡慕的不只是《侠骨柔情》。约翰·福特作品中的亨利·方达总是表现出色，像《怒火之花》和《少年林肯》都是。

威廉·惠勒有什么新作品上映吗？我很想看看《忠勇之家》什么的。贝蒂·戴维斯在惠勒的电影中，演技好得简直像变了个人似的。《小狐狸》中，她站在垂死的丈夫赫伯特·马歇尔旁边泡茶，没有任何表情，平静地泡茶，只听到茶杯碰撞发出的叮当声。《香笺泪》里的贝蒂·戴维斯也很好。虽然对惠勒有些失礼，但我觉得他似乎有受虐倾向。看了《香笺泪》和《小狐狸》，我是这样感觉的。贝蒂和其他片中的样子完全不同，演技清新。

金·维多的《太阳浴血记》还没上映吗？维多的作品还是很想看。只有维多，彩色电影也能拍得好。约翰·福特的《铁血金戈》就非常无聊。福特视此为教训，之后再未拍过彩色电影。惠勒也没有拍过特艺彩色片①。

我打算以豪华的演员阵容拍摄《月升中天》，称得上群星璀璨，因为《长屋绅士录》太朴素了。

（《小津安二郎战后语录集成》，电影艺术社，一九八九年）

①特艺彩色是一种用于彩色电影的拍摄技术，好莱坞很多早期的影片，如《乱世佳人》《绿野仙踪》等都属于特艺彩色片。

寄望石原裕次郎

我见过石原慎太郎两三次，是个相当好的青年。要让我谈谈他的弟弟裕次郎，实际上却没看过裕次郎的作品。但是我对他非常关心。因为身边的人说了很多他的事，让我感觉他大概是这样的青年，我就说一说。根据各方所闻，他身上具有非常新的特质。例如乍看有些粗莽，其实动作轻快而知性；看似秉性善良，但又有点坏男人的魅力。演技朴实，没有泛滥的情绪。这种看似善良却有点坏的样子，一直是很受影迷喜爱的类型，没什么特别。虽然可归诸世代的新意，但世代不是造成人的禀性如此不同的原因。

在战争期间及战后，人并没有那么大的改变，如果有所改变，也是风俗与规则这些社会性的东西在改变，这些容易让人的眼睛看到，因此感觉一切都变了。事实上，人本质上的东西并没有那么容易改变。

同样是二十多岁的人，二十出头的和接近三十的人仍有细微的差别。有人说石原裕次郎的类型是某一世代的典型，但应该不用这样刻意地区别。

他靠着《胜利者》《呼风唤雨的男人》和《夜之牙》等一连串动作片迅速走红。我听靠得住的朋友说，他在田坂具隆的《婴儿车》里饰演朴实坦率的青年，演得非常好。如果能发展他已呈现的特质，应该更值得期待。就是那种纯朴天真、无忧无虑、轻松享受生活的样子。

我没看过他的表演，所以只能臆测。他的人气是像石原慎太郎的《太阳的季节》一样，媒体蜂拥而上，不管作品如何就胡乱吹捧一番，还是其演员的本质中真的具有某种震撼人的东西？

如果要说有新意，那我想是不是这么回事呢？例如，现在的演员有这种倾向。导演在摄影机前导戏，要演员侧脸对着摄影机，演员只要直接转过脸去就好，但有的人就是会用朝着摄影机的半边脸演戏。那不是全身的演技，只是摄影机拍到的部分的演技，既夸张又不自然。但他本人认为这就是演技。很多人一拿到剧本，就认定这个角色要用这种表情，先从表情入戏。

裕次郎则是用心理解角色，然后做出表情。好像摄影机就装在他身体某处，表演时几乎不在意摄影机的存在。

或许以前的演员，例如小生就做出像是小生的动作和表情，因而让观众产生“那家伙资质不错、脸孔不错，但是让人讨厌”的感觉，观众想看的不是这样的表演，而是诚挚的、不经意中显现精湛演技的演员，但是一直没看到。

裕次郎大概是随着身体而动，大胆面对摄影机，在忽略摄影机的情况下昂首挺胸地进行表演。或许就是这点让大家感到有新意。演戏最忌讳像什么。重要的是逼真地生活在银幕中。过去的明星太在意形式，以为符合形式就是一种演技。

如果我对裕次郎的直觉是对的，希望他好好发展这个特质。在此意义下，今后的新人感觉会和以前的老明星不同，不用摆出奇怪的姿势，以平常心演出自己。我期待这样的人多起来。

（《电影评论》，一九五八年三月号）

悟性好的原节子和高峰秀子

外国导演来日本拍电影会有种种帮助，以我的角度来说，最值得感谢的是制片厂设备的改善，其次是会吸引来一流的人才。

我一直注意黑泽明，喜欢他的《野狗》，但有点担心他最近似乎在重蹈内田吐梦的覆辙。吐梦拍了许多优秀的作品，但在换花样的“实验”中，拍出了过于概念性的无趣的电影。

演过我电影的女演员中，原节子和高峰秀子很优秀。她们都能准确无误地领会我的想法，诚挚地表现出来。高峰秀子正是尴尬的年龄，和少女与女人两边都搭不上。原节子擅长的戏路非常明确，像黑泽明那样用她，无法展现她的优点。

就我长期对女演员的观察，新人时期常常孤单一人的人会成为好演员。经常有好友作陪、走到哪里都结伴而行的，通常成不了大器，因为她们会顾虑彼此。川崎弘子（以《远方的云》一片复出影坛）以前总是孤单一人，但一站到摄影机前，就有与众不同的大胆演技。在底下苦熬的人常认为导演不用他是对他的怠慢，其实导演一直在细心搜寻好演员。发现井川邦子的导演是看到她把鞋子放进鞋柜的姿势而发觉她“是个能用之人”。独自对镜表演时自觉“我是这么会演”，一旦站到摄影机前就不知所措的情形很多，就像用手指写字时灵巧生动，正式拿笔写在纸上时却不堪入目一样。

（《每日新闻》，一九五二年一月二十二日）

原节子

我拍了二十多年的电影，像原节子那样能够深入理解角色并展现精湛演技的女演员非常罕见。虽然她的戏路有点窄，但若有适合她的角色，便能展现富有深度的演技。有人因为她演不出大嗓门女人、保姆、老板娘之类角色的嘴脸和性格，就批评说“原节子不会演戏”，这反而暴露出导演自己的识人不清，没发现真正不会演戏的演员。

电影既然是在描写人，就必须表现知性与教养这些东西，在这个意义上，原小姐的演技很有内容。当然，如果她结了婚，又会展现不同的一面……

“原节子适合日本人”，这个评语很好，非常好。

实际上，这不是恭维，我认为她是日本最好的电影女星。

（《朝日艺能新闻》，一九五一年九月九日）

第三章 酒与战败

车中亦愉

火车、电车、公交车等公共交通工具可以称得上现代世相的风俗画，这样看来，仅仅是上下班也会成为极有趣且有意义的时间。我的体内似乎本来就同时居住着空想与观察，有时会看报纸杂志、想事情、联想、发闷、犯困，也会被同车厢的乘客吸引。从这一点来说，我与其他乘客并无不同，但不知从何时起，脑海中的某个位置保存了无数乘车时的记忆。有门学问叫考现学[①]，试试那样的事，定然有趣极了。

春至夏初，时常与似乎要前往伊豆方向的团体同乘一趟列车。虽统一唤作团体，却也多种多样。曾混入过 ×× 牌蚊香零售商的慰问团，还是早春，在这宣传盛行的世间，对商人准备之充分感到钦佩。手持印着××牌蚊香广告的蓝色、红色小旗的人左来右往，落花生、鱿鱼干如小型宴会般四散排开，实

① Modernology，模仿“考古学”一词，意为研究现代社会现象。

在让人忍俊不禁。其中一个负责人模样的来到我这里，问酒到这里了吗，我说不知道，他便塞了二合酒给我。应该是错把混在里面的我认成他的同伴了。我自然毫不介意地收下。我记得曾用过这个蚊香，却更为蚊子所扰，是连蚊子也能安心推荐的蚊香。即使如此，被看成是蚊香商人，我还是感到惶恐，这到底是怎么回事。我可不是菊石[1]。早春之际，托蚊香的福，微醺的我开始与近江商人[2]亲近起来。

不知列车的终点站是哪里，总之不是快速列车，所以那些人不是去比名古屋更远的地方。一个乡下老绅士拦住学生模样的青年，高声说话，隔着六排座位也清晰可闻。虽然消瘦却气色良好，头发半白，是一位精神劲儿胜过年轻人的和蔼老爷子。此刻，他在大谈治国要义，他的说法应当加以重视。曰："社会上的犯罪现象屡禁不绝是因为生活困苦。但是国家却为了维持警察系统、司法权、监狱而投入巨额费用，这费用若是用作普通国民的生活补助，国民生活水平自然会上升，犯罪的人就会随之消失，警察、法院、监狱这些也就没有必要了。"我对这言论颇为震惊，听起来如古希腊诡辩家的诡辩，却不知为何带有一股南方的悠闲气质，这一点甚为有趣。又对这样乐天而拥有明朗精神的老人感到钦佩。这位老人佩戴着金锁，上面挂

---

①此处喻满脸痘印的人，形似呈螺旋状的菊石类化石。

② 与大阪商人、伊势商人并称为日本三大商人。

有举行重大仪式时使用的银牌及五日元金币。

这是东北三等列车内的景象。在我正对面坐着一个青年，正在读一本买来刚打开的书。脸色苍白，看起来有点神经质，从所穿的和服样式来看像个乡下人。不免让人觉得是村里喜欢石川啄木的知识青年，恰好有时间和零花钱便去了东京，观看德国电影，品尝美味的咖啡，回去路上买了新书。这太让人有好感了，究竟在读什么书呢？引人兴趣，可我总不能探头去看。幸亏这时他去了洗手间，一看那书的标题，出人意料，是《胆小症疗法》。近年来，世上尽是些心脏强大的人，这青年虽然可怜，但不正说明了他的可靠吗。我也有一读的必要，不过还没有那个机会（并非广告）。

这是省线[①]上发生的事。从大井町上来一个酒馆女服务员模样的女子。话虽如此，与他人也并没有两样。只是早上十点左右，女子穿着一身酒渍显眼，又分外鲜艳的旧和服，像是店里的服装，在不那么拥挤的车厢里，吸引了全车人的目光。看起来是昨晚店里关门后，在哪里小憩了一会儿，现在正要回家。我倒没有什么好奇心，可女子双手紧紧地握着手帕，手帕洁白，纯洁如新。我不知不觉想起了芥川龙之介的《手帕》。女子是将对自己所处立场的解释、对周围冷眼的反驳都寄托

① 国有铁路，即铁道省经营的铁路线。

在了这纯白的手帕上吗？这或许是一个拟剧论[①] 的恶习。也许是我想多了。女子面容悲伤，疲惫的神情背后是紧绷的紧张感。

如此看来，充分利用手帕的人，何止一个不如归的浪子[②]。

写到这里，列车已经到了大船。我必须下车了。这也是车中的乐趣。

（《话》，一九三七年四月号）

① Dramaturgy，指人在日常生活的不同场合中，会基于文化价值观、社会礼仪以及人对彼此的预期，而做出不同的类似于戏剧表演的行为。

②德富芦花的小说《不如归》中，主人公浪子乘坐的列车与分别已久的丈夫的列车擦肩而过时，浪子抛下一条手帕。

丸之内点景

关于东京的热闹地儿

春日的夜里。

现在活动刚结束，人潮从帝国剧场经过丸之内一角，蔓延至银座。

“稍微陪我一下啊，去买一张《Aloha Oe》。”

三人同行的海军青年士官的对话（对白字幕）。

芥川龙之介如此写道：在春夜里，水泥建筑物林立的丸之内后街，看不见一个垃圾桶。走在沥青道路上，忽然闻到了蔬菜沙拉的气味。

这条路上，四处是西餐馆，大部分地下室是厨房，挨着走道有通风窗。蔬菜沙拉、油炸牡蛎，只要鼻子不坏，谁会联想到垃圾桶呢？即使不知道它在哪里，感受到的自然也是比那更新鲜的气息。

当时这一带一家西餐馆都没有，我好意地这么解释——

现在走在我前头的是从帝国剧场回来的庆应的学生，他展示了关于西餐极为渊博的知识。

“日本的虾，可不能叫作龙虾。”

在春日夜晚的丸之内后街，忽然想起西餐，这似乎成了春日夜晚的固定形式。

相似图形的双重曝光。

阴天的丸之内大厦像一个巨大的水槽。

无数青鳉鱼在其中游动。

丸之内大厦长着一张巨大而愚钝的脸。

尤其是天亮到早高峰之间的几个小时，它的表情像患上早发性痴呆一般滴淌着口水。口水濡湿了铺石路。

如甜甜圈上有洞一般，更现实地说，如厕所防臭剂上有洞一般，丸之内大厦内侧也开了通风与采光的洞。

大厦八楼——

窗、窗、窗、窗，朝东——

一楼，煮着咖啡。

二楼，女店员与化妆盒。

三楼，油头。

四楼，在玩溜溜球。

五楼，在玩溜溜球。带着牛顿式的疑惑的表情。

六楼，丁字尺在移动。

七楼，空房。

八楼，在擦玻璃。陆地上的吭虫[①]。

窗、窗、窗、窗，朝南——

一楼，在晾晒饭桶。

二楼，狸背着狐。美发店。

三楼，敲打着打字机。

四楼，晾着手帕。

五楼，还有人哭着写字呢。骗人的，那是服务员在刷鞋子。

六楼，社交辞令滔滔不绝。那是在给借钱找借口。

七楼，警笛突然响起。

话题忽然转换到午炮的警笛声并非偶然。再往下写的话，空空的肚子就要饿得受不了了。

这一带大楼的烧炉工大抵都在楼顶上养着兰畴[②]。

---

①指在船舶上如虫子一般吭吭地敲打着为船体去除铁锈的工人。

②一种金鱼。

变暖后，烧炉工空闲下来，另一边，鱼儿竞相争食，却变得忙碌起来。

我曾在一大早，在这附近看见神田一带的店员个个穿着队服，骑着自行车去日比谷一带练习棒球。

这是我见过的都市景象中，最喜欢的一幕。

（《小津安二郎映画读本〈东京〉及〈家人〉》，胶卷艺术社，一九九三年）

在战地思考战争电影

既然来到战场，当然不敢期望生还……但体验战争以后，才有制作真正的战争片的自信。从现实的战争来看，过去那段通过导演的扩音器描绘未知世界的经历，有种不值一提、不痛不痒的感觉。实际参加战争，得到了珍贵的体验。如有生还之时，我想以这体验为基础，制作写实的电影。

（《小津安二郎全发言》，泰流社，一九八七年）

秋日的战线

待了一年多，战地也无刺激了。心想只要有命回去，就拍部战争片。

在南京看了《五个侦察兵》和《萤之光》，和在东京看的感受不同，买票当观众到底心情轻松。看到其他士兵在放映中不断嘲讽、喝倒彩，很是愉快。我觉得《五个侦察兵》里的班长最先归队不太妥当，至少应该第三个归队，虽然还有太过做作等种种批评，但以遵循国策的日本战争片而言，那样也算是成功。有很多香烟，那是骗人的。战地有时连火柴都没有。我想，若加入一幕用镜片聚焦阳光照着火药让它起火，再点燃香烟，应该不错。

吃盒饭和上子弹的动作等细节都拍得很好，小杉勇等人的演出非常成功。

在战地给军人看的电影，没有故事也没有导演，只要有漂亮女人出场就皆大欢喜。在南京见到了佐野周二。山中贞雄的事[①]令人遗憾，看了《朝日新闻》后一惊。

他好像相当辛苦，曾在报上述怀，因为没有香烟，用野草代替，味道最好的是蓬草。

我的部队目前正在休养，每天优哉地抓鱼、吃红薯，得以恢复元气，身体健康。

（《小津安二郎全发言》，泰流社，一九八七年）

①指 1938 年，山中贞雄在中国开封病死。

怀念跳蚤

南昌战役是在春天。

从修水河渡河战开始，是日以继夜的追击。

到处都是盛开的油菜花，在油菜花田中迎接黎明，在油菜花田中目送黄昏。

天色乍亮，阳光下一片鲜黄，眯起睡眠不足的眼睛，那是“还活着的眼睛觉得油菜花刺眼”。天色昏暗时，那片鲜黄在夜空下反着白光，一直留在眼睛里。

身上就这套军服，沾满灰尘、汗水和污垢，装备陷进肩膀，痛不可支，脚底长满水泡。

想喝水。想喝自来水。如果现在中弹身亡，装在骨灰盒里送回东京时，要好好地在上面浇一浇自来水。

趴在田埂上，喝稻田里的水。水中映着春日的天空，蝌蚪在游泳。

只能凝视脚尖，默默地继续走。

没走几步，又是一洼水。

猛然抬眼，一大片油菜花田、湛蓝的天空、蜿蜒前进的部队。这是一幅美丽的风景，可是里面的每个人都咬紧牙根忍受所有的困苦，忍受匮乏。在这美丽的人流中，也有我一个。

那时感到背上有一只跳蚤。如果中弹身亡，我的尸体渐渐变冷。跳蚤一定会说，就是现在，咬他！然后它会毫不留恋地离开我的身体，跳到另一个士兵身上。

忽然，我对这只跳蚤产生莫名的依恋。这只跳蚤一定是在某处目睹了战友阵亡才来。我甚至想，我要竭尽全力、用尽耐性，努力把它带到南昌。

退伍已经两年，我在茅崎海边的旅馆里，绞尽脑汁写着下一个工作的剧本。

半夜被跳蚤咬醒，点着火柴在蚊帐中四处找寻，无端怀念起当时的美丽风景和感到依恋的跳蚤。

（《朝日新闻》，一九四一年八月四日）

体验战争

啊，终于平安归来，遗憾的是失去许多战友，以及我正得意平安无事，却在即将退伍回国之际在九江染上疟疾。总算痊愈，只是瘦了十五斤左右，真是丢脸。

但是日本没变。在战地听说日本国内已经没有霓虹灯了，可是 ×× 一带还是七彩璀璨，让大家惊呼“霓虹灯，有啊！有啊”。光是这一点，就感觉自己也没变。电影虽然看得少，但报纸杂志（尤其是杂志），在南京大抵可以买来看，所以心里大致有底。

电影只看了成濑巳喜男的《三兄弟》和田坂具隆的《五个侦察兵》。我觉得《五个侦察兵》很好就推荐了，于是部队指挥官率领全体官兵前去观看。此外不太去想电影的事情。因为我们的行军路线从上海到大场镇，苏州河之战后又辗转镇江、滁县、定远，在这里警备并参加徐州会战，之后绕过宿县、蚌埠、南京、安庆、大别山到信阳，再从汉口转向北方，最后从玉城折回到南昌，全程一千五六百里[①]。真是能走。幸好没有脱队，但最后南昌战役时，我因脚踝肿了而休息。

第一次体验敌人的子弹是在滁县，无情地愣然射来，但渐渐习惯了。刚开始不自觉地拼命喝酒，借几分酒意行事。到最后就不在乎了。砍人时也像演古装片一样。抡刀砍下时，会暂时一动不动。呀！倒下了。戏剧果然很写实。我居然还有心情注意这种事情。

中国士兵扔手榴弹的技术之巧，让我深有痛感。绝不让他们靠近一步。他们大喊一声冲过来，奋勇投掷。起初我方伤亡惨重，但我们也想出办法，就好像抖包袱那样，用声音诱使他们投完所有的手榴弹后再冲出去，对方不知所措。感动的故事有很多，南昌战役时，饭田队长奋战的英姿让我惊讶，虽然身负重伤，仍让部下抬着继续指挥作战，第二天终因出血过多倒下；另一件是在追击破坏桥梁的中国军队时，一名老兵逃逸不及，干脆坐在地上低头认命。队长虽然拿手枪指着他，但没开

①本书中出现的距离单位“里”均为日本长度单位，1 里约为 3.9 千米。

枪，只是叫他快走快走，让我看到他仁慈的另一面。

战争中最令我困扰的是我身材高大，军服需要特大号。战地也没得替换，我不得不一路寻找裁缝。因此前年直到除夕，我还穿着夏季军服。

那么，战争中有什么体验，又将以怎样的风格呈现？那些都还是杂乱的笔记，而且有一半留在了中国，要谈这个还早得很。大概会拍我出发前留下的《父亲在世时》的剧本吧。厂长叫我先好好静养，我也希望好好想过再重新出发。

（《小津安二郎全发言》，泰流社，一九八七年）

在悲壮的基调中加入明朗的战争片

在东京，总将一切所见所闻都进行电影式的咀嚼，但在战地，徘徊生死之境，根本不会去想这些。像我这样并不成熟的导演，再加上从军两年，自知技术落伍，打算以重新出发的气势来努力。虽然还没决定拍什么，但刚开始一定以量为先，等技术熟练后，再以轻松的心情拍摄大片。当然会拍战争片和军队片。

或许有人认为，小津回来后会拍出奇怪的东西。我在战地是吃了点苦头，多少会有改变，但我多半不会拍阴暗忧郁的片子。就算是阴郁的片子，我也想在其中追求快活开朗，务必在悲壮的基调中加入明朗。在战地，只有靠积极精神下的现实主义，才能如实地看待实际存在的事物。今后我将在电影中重新研究这一点。

等我拍自己的战争片时，要更进一步研究火药。因为在音效方面，日式、捷克式和水冷式机关枪及迫击炮等声音都各有特色，必须细腻到那个地步。我不想拍出一部锣鼓喧天、充满杂音的战争片。我在战场上读着好友山中贞雄的遗书，他在战争中依然保持着对电影的炽烈感情，令人感动。不能再浑浑噩噩了，我必须继续努力。等我探望他的家人后，再为电影长期奋战。

（《小津安二郎全发言》，泰流社，一九八七年）

啊！归来第一作！

啊，好久不见。好冷。这么一冷，就想起战地的事情。去年此时，我在什么地方？在 ×× 附近吧。说到冷，这里的冷和战地的冷比起来，简直不值一提。

人这种东西啊，很奢侈。现在没有火盆就受不了，但是去年此时，却若无其事地在寒风中行军。想到那时的情景，就觉得现在偎着火盆还不够暖，又以为在做梦。最近开始整理在那边用莱卡相机拍的快照（小津从桌下抽出剪贴本给我看，整理得很好），共有四千张左右。我整理时不时愕然。忘了是在哪里，迫击炮就打在我身边不到一米八的地方，泥土狠狠溅到我脸上。

我以为中弹了。其实，人的寿命根本无法预测。有些人没有中弹平安归来，却因病而死。我想整理好这些相片后，过年时送去战友家里。有人生还，有人战死。阵亡者的家属看到骨肉至亲的模样，肯定会高兴吧。算是平安归来的我尽的一点情义。

最近疟疾复发，直到昨天还躺在床上。幸好这次的剧本已先写好，池田忠雄正在做最后的整理。有一段时间我连剧本都写不出来，不知所措，就是不对劲，只能完全仰赖池田。

至于我的战后第一作，公司和社会上都议论纷纷。其实打仗前的小津安二郎和现在的小津安二郎没有不同，真要有什么不同，是我的心情变得开朗了。以前常有人说，小津的作品非常阴郁、无可救药。但这次不会了，因为阴郁的心情拍不出战争。说艰深一点，就是抱着消极的精神无法拍出战争片，必须肯定一切，从中呈现人的强韧。也就是说，哭哭啼啼就无法豁出性命而战，需要勇气，需要被打倒了还能够站起来的气魄。用电影述说这一点时，需要有救赎，需要有对未来的希望。从这层意义来看，我比任何人都更严格地批判我过去的作品，像是《独生子》和《我出生了，但……》，其实都是不成熟的作品。我甚至认为那都是过去的另一个小津安二郎导演的电影。我必须再前进一步。即人不是绝对需要“我出生了，但……”这样的感慨，但必须对自己的出生心怀感恩，对自己活着的事实拥有自信，感受到生存的价值。必须坚强，永远抱持野心，否则无法度过人生。

至于我的下部电影？不是战争片。想想看，我有两年时间双脚每天陷在泥泞中，怎么可能立刻在电影中重来一次。

可能是生活太没有变化，战争体验是我难得的经历，我会好好收藏在体内。或许将来我会拍战争片，但现在没有这个心情，即使去拍，也拍不出好的作品来。因为体验太过鲜明生动，必须压制它、使其沉淀，变成真正属于自己的东西。

下部电影要拍什么？不是有部《淑女忘记了什么》嘛。能拍那部片子的续集就好了。我大概说一下剧情。

有三个有闲有钱的太太，整天商量日子如何过得有趣。其中一位的丈夫与众不同，庸俗无趣，穿着随便，喜欢吃味噌汤泡饭，抽金蝙蝠牌香烟[①]，火车只坐三等车厢，和太太们生活在完全不同的世界。

这个人要上战场。他老婆，也就是有闲有钱的太太大为吃惊，但是丈夫一点也不慌张，因为他从中第一次感受到了男人真正的价值。说这是讨论有闲太太和这个男人关于生活的想法哪一个正确，不如说我有意描述生活在两个不同世界的人，让世人思考自己属于哪一方，并寻求世人的批判，听上去口气颇大，不过就是这样。

我想暗示大家，我们生活中是否忘记了什么重要的东西。不做做看，也不知道结果如何。

我回来后看了很多电影，虽然觉得每部片子都不错，又总觉得有不足之处，没有让我感到直击内心的片子，虽然导演手

① Golden Bat，当时日本最便宜的香烟品牌。

法好到不能再好……我最近在想，这可能是日本电影最大的缺点，但一点也不敢说下次我的电影就能表现得非常到位。

我打算以休养的心情轻松地拍一两部电影。我还年轻，电影并非一朝一夕的工作，打算秉持耐性去做。

什么时候开拍？虽说新春开始，但过年的时候事情很多，恐怕无法如期开拍，只要赶得上三月或四月上映就行。片名还没决定，我想，叫“丈夫去南京”如何？

这件工作之后，我想拍以前那个《父亲在世时》。那是我上战场前写好的剧本。现在当然需要大幅修正。

唉，归来第一作，我并没有用这种心态拍片的打算。还想用从前的心情轻松地去拍，也希望你们以那样的心情来看。

（《小津安二郎全发言》，泰流社，一九八七年）

为何不拍战争片

归来第一作不拍战争片，因为目前各方面的条件未必能满足我想拍的战争片。但我仍然想拍一部。我想，火野苇平可能也是现在才写出真正的战争小说。今后也打算拍《独生子》那样的作品。

《丈夫去南京》是我和池田忠雄共同撰写的剧本。

描述一群有闲有钱的太太放下丈夫不管，到处游玩。有一回出去旅行时，其中一人接到电报说丈夫应召入伍，此事毕竟非同小可，匆匆赶回家一看，丈夫没事人似的在呼呼大睡。太太这下才知道男人的可靠。

剧情就是这样，但电影中完全没有出现南京。内容算是喜剧，是我第三次拍摄有声电影，遇到相当多的困难。这部电影的台词非常多，约有《独生子》的三倍。

回来以后，也看了不少外国电影，但美国电影几乎没有可以吸收的东西。能够学的，大概只是摄影技术这种技术方面的东西。最近看了美国片《天使之翼》和法国片《监狱纵火犯》，我很佩服《天使之翼》的编剧朱尔斯·福瑟曼，他埋设伏笔和营造高潮的手法无懈可击，就像齿轮咬合一样精确，但也因此感觉有些老派。

我对《监狱纵火犯》有些不满意，但仍是部精彩的电影。美国片多属大制作。大概我是制作者的关系，总觉得那种类型的电影花费庞大资金，很划不来。

我的作品以原创剧本居多，也有一些翻拍自外国电影。我不改编小说和戏曲，并不是讨厌将其改编成电影，而是没有想改编的东西，即使有，多半也让我觉得与其拍成电影，不如以小说或戏曲的形式留下来较好。因此，如果真有好作品，我会把它电影化。

这次的剧本是和池田忠雄共同撰写。我觉得和别人合作写剧本，比独自埋头撰写要好。自己写剧本的时候，有时会不知道怎么处理某个场面中某人的台词，如果两个人一起写，立刻可以敲定。

（《小津安二郎全发言》，泰流社，一九八七年）

今后的日本电影

一、战前的日本电影

在战前，日本热衷外国电影，尤其是美国片，知识阶层爱好西方电影，不看日本片。但从昭和十年开始，日本电影中也出现了优秀作品，质量上达到能与西方电影抗衡的水平。不只吸引一般大众，也吸引知识阶层。但随着时局进展，国家开始限制与禁止引进外国电影，战争爆发后更禁止上映。另一方面，日本电影因《电影法》[①]的实施渐趋低迷。观众除了日本片，没有其他电影可看，即便不满也只能接受。虽然大势如此，我们依然不能忽视其中少数勇于挑战种种困难的佳作。

使得日本电影趋于低迷的，是电影相关人士不作为，但错误运用《电影法》是更大的原因。《电影法》本来是为了推动国民文化的进步，促进电影事业全面健康发展，于昭和十四年

①日本为宣扬军国主义国策、抵制娱乐电影，于1939年出台了《电影法》，1945年废止。

十月公布实施。依据该法，电影行业改为许可制，导演、摄影师、演员都适用登记制，不只电影完成后要接受审核，开拍前就要先将剧本送交文部、内务两省及其他相关部门严格审查。从该法的精神来说，这是当然之事。但实施后，反而屡屡招来违反该法精神的结果。例如，描述一个酗酒又不勤恳工作的劳动者因时局清醒了头脑，幡然悔悟改过自新的故事，不能拍成电影，因为审查当局认为现今的时局下不存在酗酒又不勤恳工作的劳动者。像这样，不允许对照性地描述恶与善。也就是说，如果要表现对照于黑的白时，可以尽量表现更鲜明的白，但绝对禁止使用黑色，只能以白色一个颜色来表现。在这方面，比日本更严格地以国家权力管制电影的纳粹德国都要宽容得多。

另外，审查当局会根据各监督部门的指示和抗议，命令制片公司修改剧本，以免遭到追究。而剧本是电影的设计图，是产生某个内容的素材，审查当局并没有洞察这个素材会产生怎样的内容的能力。因此，剧本成为各部门以种种形式干涉审查的借口，有时也是一道防线。这种不理解电影的审查，当然造成不少剧本被改坏。

关于登记制度，该法实施以后，想当导演、摄影师和演员的人都必须先接受技能审查，如果不及格就不能从事电影工作。我是技能审查委员之一，但还是有话要说。例如审查演员时，即使外表和演技都有希望成为演员，但常识测验没有达到五十分的及格标准，只拿到四十五分，仅仅五分之差就被视为不具备演员的资格，判定为不及格。这种情况乍看似乎合理，其实相当不合理。那些常识在实际从事电影工作后即可习得，重要的是那个人是否具有演员的素质，这种做法等于是本末倒置。

这些还只是错用《电影法》产生的两三个弊端，我们不能否认它正把日本电影导向与原来促进电影全面健康发展之目的完全相反的方向。

二、今后的日本电影

幸好这部《电影法》在本届议会中被废除，形式上，电影界又回到昭和十四年十月以前的状态，从束缚电影的种种制约中获得解放。审查改由盟军总司令部实施，期待电影界遵循这条确立民主主义的路线，有活跃的表现。但因为器材等其他关系，我不认为会很快出现大制作。

我在新加坡看了一百多部美国片，主要是一九三八年到一九四一年上半年之间的电影，感觉这期间美国电影的动向和日本电影的倾向如出一辙。

这期间的美国电影大致可分为文艺片、明星片和特艺彩色片三大类，但主流还是文艺片。舞台剧大卖座后搬上银幕的《烟草路》和斯坦贝克原作、约翰·福特导演的《怒火之花》，虽然也属于这个领域，但这两部作品非常写实地描述了美国贫穷农民的悲惨生活，主演不是所谓的明星，而是非常纯朴的演员。曾经是美国电影主流的上流式影片，从这时起开始衰微，被写实主义电影取代。这种不以揭发美国现实为乐，而是更脚踏实地坚持审视现实精神的电影，形成今日的主流。

另一方面，明星制的片子一如过去，数量上远远超过前者。

特艺彩色片借着庞大的电影资本和先进的科学技术率先在美国出现，作品数量相当可观。其中也有像一九三九年奥斯卡奖最佳影片《乱世佳人》这样的佳作。另外，特艺彩色的卡通片中也有不少优秀作品，如《小飞象》《幻想曲》。目前为止，都是欢快的明星制电影，如果不能预期有极高的票房成绩，就无法拍成特艺彩色片。

战后的日本电影也循着美国电影的路线前进。战争带来的疲敝、战后的混乱，加上民生极度窘迫，国民陷于非常绝望的情绪中。在这种情势下产生的主流电影，大概是回避生活现实而带有浪漫主义色彩的片子。但我不以为然。第一次世界大战后陷于疲敝困顿的德国，艺术运动并没有奔向浪漫主义，反而比战前更加强了写实的倾向。我想，今后的日本电影也与此相同，正视严酷现实并致力解决这现实的写实主义电影即使数量少，也会成为主流，而且会比战前更为彻底、更为深入，也必须如此。在到达写实主义以前，虽然会产生许多利用战后混乱状态哗众取宠的喜剧和批判现实主义的电影，但只是过渡时期的现象，日本电影必须被更深刻的写实主义净化。我最关心的是这个写实主义能够承载多少明朗与欢乐之色。当然，这明朗不能失之轻薄，必须始终严格坚持审视现实之精神并加以发扬。

除了形成主流的写实主义电影，明星制的电影依然不会衰微。战争期间，电影不时兴明星制度，观众因此感到落寞。娱乐电影依然会是俊男靓女当道，现在的明星当然也会历经一番筛检淘汰。明星可能会全面更新。培养新的明星，再度采用明星制，继续拍摄俊男靓女出演的电影。

日本也曾对特艺彩色片有相当的研究，但尚未实现战争即爆发，后又受到种种限制，直到目前还没有实现。但是此后可以像战前交纳费用向美国租借有声电影技术那样，向特艺彩色制作公司租用设备，借此一举促进日本特艺彩色片的实现。但就算成功了，以前的黑白片依然会继续制作。现在的彩色片在技术上虽有相当进步，但画面的阴暗部分无法表现出黑白片的那种细致感。事实上美国的一流导演都还没有正式着手拍摄彩色片。

彩色片就像用彩釉的碗吃炸虾盖饭，而我们会继续喜爱以前的黑白片，就像我们有时候会想用青花碗装腌茄子来吃一样。这个情况大概会持续到彩色片具备更完美的表现力时。

（《文化时论》，一九四六年一月十一日）

年龄发挥作用

要我坦白说出对电影界现状的感想，就是“战争结束都一年了，还真是逍遥啊”。作品内容如此，企业整体也如此，就说出了多少新星吧。再怎么说，电影公司的核心还是明星，应该不断培养素质优秀的新人。

现在的大船制片厂里很多人我不熟悉，不知道他们的水平如何。老一辈的饭田蝶子、吉川满子虽仍健在，但都已被当成喜剧演员，令我吃惊。我从没把她们当成喜剧演员。

与其说观众变了，不如说是作品的品质降低了，这是战时净拍不提升观众素质的作品的恶果。针对那些观众，应该制作怎样的电影呢？我还是想加入明朗的内容。

即使材料是阴暗的，处理的角度也要明朗。实际上正好相反的情况似乎很多。揭示现实的题材也不错，但须正确地批判和审视现实。

摄影器材质量低下也是一个沉重的包袱，有人担心我们能否追上美国电影的轻快步调，其实不必太在意。日本人的步调和他们的步调本就不同。勉强追上，大概也不是日本电影了。不如多一点热情和余裕。

此外，我希望导演仍然是“教练”，“导戏”不过是导演工作的一部分。[①] 最近，我和清水宏、井上金太郎、沟口健二谈到，今后彼此都要发挥年龄的作用。总之，希望从年底或明年起，每年至少拍一部电影。

（《东京新闻》，一九四六年七月二十二日）

①日语中“导演”一词还有教练之意，这里指希望导演能尽培养新人之责。

酒与战败

战争结束的时候我在新加坡的军事报道通讯社。虽然还在处理军方相关的工作，但几天前就听到战争结束的传闻。我从宿舍往外看，平常灯火管制严格的街上灯火通明。心想，果然是真的了。八月十五日转眼到来。因此，这段时间的转变，感觉就像长时间的“重叠”效果，并没有很大的震撼。

留在记忆中的只是战败色彩渐浓之时，以军人为首的高层扬言如果战败就切腹自杀。切腹实在令人为难，但我也不能独自苟活，无奈之下，心想干脆弄些德国制的安眠药巴比妥掺在酒里喝下，醉醺醺地爽快死掉，的确很像我的风格。然而真正战败时，那些叫嚣要切腹的军人认输姿态实在太鲜明，那么干脆地轻易认输。看到这个，我心想日本人一定有战败的传统。虽说日本历史上不曾输过，但是我们的血液中一定流传着战败的经验。

（《电影旬报》，一九六〇年八月下旬号）

雁来红之记

逢至道院一周年忌

山中贞雄收到征兵通知书是在夏天。我记得应该是昭和十二年八月二十五日。霎时感到战争已逼近身边。

第二天下午，山中和泷泽英辅、岸松雄一起来到我高轮的家。我正和池田忠雄、柳井隆雄在谈剧本，于是推开桌上的稿纸，打开啤酒，举杯庆祝。

我们聊了一轮上海的战事，又谈到要带到战场的随身物品，详细记下。笔记本、小刀、曼秀雷敦、剃须刀、Dimol 肠胃药。

山中望着院子，忽然说："小津，你的花种得很好嘛。"院子里，雁来红在秋日的阳光下盛开，宁静得让人无法想象此刻上海正在激战。短短的一句话，有着山中此刻的感慨。

不久，山中离开。因为当天在东宝制片厂有为他举办的送行会。

十五天后，我也接到了征兵通知书。

次年的秋天。

中国也是雁来红处处盛开。我在桐城、固始、光州、信阳等地倾塌的民宅向阳处和路边看到时，就想起那天的山中以及高轮的院子。不久，听到山中阵亡的消息。

深秋时节，东京的来信都提到雁来红。

前些天到府上拜访令堂。令堂健朗得令人惊异。院中一株雁来红，逆光而立，鲜红入眼。下方叶子褪色，蔫蔫下垂而显悲伤。令堂与我自然聊到山中。

内田吐梦

《孩子的四季》取景之地，雁来红开得甚美。虽然觉得很美很美，就是无意将摄影机对准它们。我想，等你回来后，我们在山中的坟墓四周种满雁来红吧。

清水宏

第三年的秋天。

我从战场归来，去了京都。京都每天都有几支当地子弟的部队从战场回来。

如果山中还活着，这一两天我们就会见面。这么一想，于

Christmas Days

12 Stories and 12 Feasts for 12 Days

是去鸣濑喝酒。点了山中喜欢的砂锅炒虾、鸡脚、小壶日本酒和薄酒杯，酒伴是大久保忠素和井上金太郎。说起来，把山中介绍给我的也是这两人。山中的事都不可思议地和军队有关。

昭和八年秋，我拍完《心血来潮》不久，因预备役的勤务演习前往津市的步兵第三十三团，入营十五天。回来时顺路去京都。

抵达京都那晚，正是中秋月明，我和这两人在鸭川河滩附近新三浦的房间内喝酒。月上东山。闲聊之际，井上金太郎问我，愿不愿意见见山中贞雄。那时，山中正忙着写剧本，大概是《鼠小僧次郎吉》。我说只要山中君方便就好。

当时山中已在日活[①]，是拍了《盘岳的一生》、众口交赞的俊才。

次日黄昏，山中来到下加茂。他穿着蓝底白点的袷服[②]，腰上缠着兵儿带[③]，脚踩薄木屐，可能有点感冒，脖子上围着毛巾，没刮胡子。

秋山耕作介绍说，这位是山中。他那邋遢的模样和众口交赞的俊才形象以及来自电影的印象相差太大，令我惊讶。

那天晚上，我们从蛸药师堂到祇园。喝酒，聊电影，直到

---

①日活有限公司，1912 年成立，日本五大电影公司之一。

②有衬里的双层和服，与单衣相对，适合春秋冬三季穿着。

③一种用整幅布捋成的腰带。

天际泛白。山中寡言，多半喝酒，沦为听众。我们在八坂神社前道别，山中踩着木屐，飘飘然走在黎明的街道上。他在忙碌中抱恙和我们悠悠畅谈一夜，十分随和。在他的背影中，看到了我非常喜欢的强韧。

至今已七年了。鸣濑的回忆犹深。还有一件事，时值昭和九年晚春。

父亲过世，我和母亲送骨灰到高野山，归途时顺道去看宇治和黄檗山。那天傍晚，我把母亲一人留在柊屋旅馆，到鸣濑和大家相聚。

山中当然也在，聊得起劲，不觉天光大亮。

山中枕着坐垫迷迷糊糊躺了两个小时左右，忽然翻身而起，打开拉门。外面是五月的浅蓝色天空。

“没办法，天气太好了！”他把剧本插在腰间，脸也没洗，就匆匆赶去拍《步卒出世谭》的外景。

两天前的黄昏，把父亲的骨灰放进寂静的高野山后院纳骨堂小门时无常的感慨，一扫而空。

那时遗弃在这里的无常感，此刻又重新拾起。三村伸太郎飘然而来。我一直没有机会见到山中的密友，这是初次见面。

翌日，我去祭拜山中安置在吉田本町他哥哥家中的遗骨。这是去年一月十二日在江苏省句容镇一见后、阴阳两隔的会面。

回到东京不久，结果没想到是由我帮山中的墓碑写戒名。如果按顺序来，应该是山中帮我写。铺纸，磨墨，写下：

至道院殉山贞雄居士

今年院子里的雁来红也开得很美。

（《电影旬报》，一九三九年九月十一日号）

第四章

战地来信

中国行

出发前夕　昭和十二年九月秋分之际

且向战争行。

小津安二郎

唐泽正三郎　筱田三之亟

梶田三郎　大幡米藏

奥村良知　秋山胜平

岛村芳雄　早川百次郎

石井英太郎　山口秋藏

永井文一　堀江次郎吉

剑持竹治

昭和十二年中秋翌日　上海

昨天是中秋，眺望黄浦江上的月亮，心旷神怡。当年阿倍仲麻吕的“翘首望东天”，咏的正是此情此景。我试着沉入阿倍仲麻吕的心境。这阵子连日晴朗。此处也有波斯菊盛开，伯劳鸟啼。如果也能吃到秋刀鱼，那就无可挑剔了。身体愈益健康，还请放心。问候诸友。务必代为问候夫人。

上海派遣军松井总部　森田部队　㋳

昭和十二年十二月二日　发信地不明

来函拜读。奥山亦同时来信。当此一望无际的萧条中，一路进逼南京。大约后天，部队即可进至南京前三十里处，参加南京总攻。精神甚好。虽有敌军数万，仍想一会蛾眉青黛佳人。

圣诞节以前，南京应已解决。

明年可能在南京过年。三十六岁了，略感寂寞。毕竟是在当地，“未醒池塘春草梦[①]”的感慨甚深。想吃青菜炖油豆腐，连自己都佩服自己想吃的东西奇怪。问候夫人。

再聊。

㋳

昭和十三年三月二十四日　定远

收到许多美味的煎饼，谢谢。

今天是三月二十四日，春彼岸[②]也在今日结束。

---

①出自朱熹诗《偶成》“未觉池塘春草梦”。

②彼岸指春分或秋分前后三天期间，共七天，是进行佛事或扫墓的时节。

自去年秋分那天中午从大阪启航，忽忽已经半年。上海——南翔——嘉定——太仓——常熟——无锡——常州——金坛——丹阳——镇江，在此渡扬子江到扬州——仪征——六合——滁县——定远，经过中国南方主要城市，一百五十余里。目前在定远。

精神甚好。二月三日入城。约五十天时间，战友损失大半。

一位和尚朋友头部中弹，脑浆血液四溅，当场死亡。药剂师的手臂被射穿，骨折。战死者火葬，伤者送往后方，人数越发寥落。听说附近尚有李宗仁亲自指挥的部队频频出没，在西南二十里附近控制庐州，不能大意。尤其两三天前，彼等转为攻势，趁夜包围定远城，发射迫击炮。但我毫不惊慌，已大致习惯枪子炮弹，照样入睡。

我一直没有中弹。要是中了也会受不了。此刻，定远城外风光明媚，柳树抽芽，河水汤汤，油菜花盛开。一望无际的平原，远处白云悠悠。天气极好，是用春风骀荡、春日和煦、春日迟迟等汉字形容都很贴切的悠闲。尤其是杨柳的绿，油菜花的黄，都是接近原色的鲜艳，那种非常悠闲的构图就像中学第二册英语课本“Crown Reader”中的插画。

没有打仗的日子就睡午觉。傍晚钻进水缸泡澡，点灯，下棋。班长棋艺最差。

军中生活已熟悉，身心皆好，早晚顺利，请放心。

想吃炸虾盖饭，想吃安部川饼，意想不到的食物纷纷涌入脑海，刺激食欲。

想喝水，常有就着茶壶口将粗茶一仰而尽的欲望，我越来越像野人了。

换防的消息频传。有说只是部分换防。不管是不是部分，就是谎话也让人高兴。听说松井大将胜利而归。多管闲事地替他操心，是否此刻刚洗完澡，坐在榻榻米上，一壶清酒，吃鲣鱼生鱼片呢？

暂时留在这里休整。

务请各位善自珍重。

匆此致谢。

や

昭和十三年五月三日　蚌埠

五月三日。人在蚌埠。四月十四日的来函收悉。

蚌埠。火车站写着“Pengpu”。但军中有各种读法。帮浦、汉普、彭普、砰普都通。

四月十五日离开定远北上。这次的战略好像是由华南北上及华北南下的部队联合确保津浦线。一路上，洋槐花开，熏风吹过麦穗，浅蓝色的苍穹，新的兜裆布触感舒服，战争也颇愉快。北上。北上。首个集结地是蚌埠，这里军人泛滥。部队通过。马队通过。炮车通过。坦克通过。沙尘万丈，老百姓在路边卖蒸馒头，面摊车绕过来。又肥又大的菠菜，一把十钱。鸡蛋十钱四个。一路缠着马肚子跟到这里的苍蝇也暂时离开，四处游弋。

馒头、蒸笼、面条和马粪，都在苍蝇旋涡中。

前面的部队一动，后面的立即跟上。从医学角度来说，像兼具慢性胃扩张的食欲和急性肠炎的排泄。从物理角度来说，类似纸枪的原理。蚌埠经常是满满当当的。淮河流经后方。这里的铁桥遭到破坏，工兵正在架桥，一天过得好慢。

来到此处，已过一宿。今天是五月三日。是在这里继续待命，还是立刻开拔，心境就像揣着小怀炉茫然等待客人的人力车夫，也像上灯时分还没接到客人的妓女。这里没有定远那种四面楚歌的迫击炮弹和榴散弹横飞的顾虑，打开台灯，泡茶写信。

城里也有慰安所。生意非常兴隆，但如果没有狂啸狼奔之情欲，及借助相当酒力，则不敢轻易接近半岛的妖魔鬼怪。

军队注意事项摘录

因不注意而感染花柳病者通报市镇村长。

保持战斗力为准备下次作战，应正确穿戴防毒面具，以冲过任何施毒地带。

听到火灾警报声时，在战斗中也应速回所属部队。

如上

大老远在大阪买的防毒面具，正可发挥效用。

写了这些混事，夫人看见，恐将困扰。十一点已过，就此搁笔。星空绮丽，在窗外的洋槐树根下小便完，就要睡了。

敬请保重。

㋳

昭和十三年六月六日　蚌埠

收到吉田前往中国东北时的来信。邮戳是三月二日大阪南。从奥山信上得知他平安归去，后来又收到吉田的信。

今天已是六月六日。下雨。在蚌埠。

为参加徐州会战，来至宿县。徐州与宿县在五月十九日同一天攻陷。日本军队经常在可能的前提下展开行动，就算有一点鲁莽，如有可能就占领。忍耐困苦匮乏，但困苦匮乏永无止境。拿下一城、攻陷一垒时才是其尽头。

行军孔急，战死者直接用太阳旗包住脸部，弃置麦田，部队继续前进。

这样酷热，不出两天就会长蛆。掀开太阳旗时，尸体整个眼窝都是蛆。“战死山野，成杂草覆盖之尸”，终究不是文字修辞所能想象的凄惨。眼球发痒，照照镜子，没有虫，但眼球就是痒。

麦田一望无际，烈日当空。汗水、灰尘，到处用水不便。去年年底攻打滁县时，用有水绵水蚤的水煮饭。很臭。难吃。受不了。但现在，哪怕水里有水蚤，都会高兴地喝下。把蝌蚪赶开，趴在沟旁喝水。

听说敌方撤退时会下毒。听说蒙城有四十四人被闷死在城里的井水中。有水蚤就是无毒的证据，多么凄凉的证据。

然后匆匆吞下正露丸。至于冰激凌和果子露，都不敢想象是今世之物了。

二十五日再回蚌埠。洗澡。向酒保拿了麦酒，有电，有收音机。杂音干扰中还听得到长歌《菖蒲浴衣》，也算是极乐。

不知会暂时留在蚌埠，还是调去参加下一次战役。据说七月部队换防，也有说要转到安庆、汉口打仗。不论是哪一个，都难以预测。

精神大好。有苍蝇、蚊子、跳蚤，还有蝎子。暂时要和这些小动物们恶战苦斗，但无须担心。

㋳

昭和十三年八月十三日　南京

八月十三日在南京。

翻开日历一看，八月八日是立秋。红蜻蜓不停飞舞，感觉天空很高。想必暑热高峰已过。

白昼炎热。虽然还热，但与前阵子相比非常轻松。

二十三日将赴前线。

精神很好。小游汉口。

暑热中，在南京停留约两个月，坐了秦淮河的画舫，也看了玄武湖的莲花。

通过航空信向家里要钱，不要十天即从东京送钱过来。四处享受中国菜，非常愉快。

距离出发不到十天，暂时享受可能不会再有的午睡。

如果命运就此终结，就听天由命吧，

夏草生长，云在天际涌动。

虽然想说这个决心甚是悲壮，但又对自己的贼运亨通充满自信。

最近又疏于问候，但请勿担心。

戊寅八月十三日（昭和十三年）

昭和十三年八月十四日　南京

收到七月二十六日的信。

今天是八月十四日。立秋已过，早晚吹着凉风。白天炎热，虽然还热，但与前时相较已是轻松。

在南京暑热中度过两个多月。

坐过秦淮河的画舫，也看了玄武湖的莲花。

船送涟漪摇荷香。

四处吃中国菜。用航空信向家中要钱，不出十日，就会从东京寄钱过来。以身赴战场的军人而言，极为奢侈。煞是愉快。

二十三日开往前线。

精神大好。剩余不到十天，诸事繁忙。有空即尽情享受以后恐难再有的午睡。

> 如果命运就此终结，就听天由命吧，
> 夏草生长，云在天际涌动。

虽想说决心甚为悲壮，但大抵已习惯战争，无法不对自己的贼运亨通充满自信。小游汉口。请勿担心。

同样内容另函寄给奥山。请转知桥本、吉田。

小津 ㋳

昭和十三年十月十八日　信阳

在京汉铁路线上的信阳。十月十八日。精神极佳。信阳在十二日上午十一点三十分攻陷。我在翌日进城。

从南京坐船，溯江而上至安庆，再向桐城、舒城、六安、固始、光州、罗山、信阳，确实来到遥远之地。

桐城城外有清澈河流，河滩上彼岸花鲜红。用河水冲身体、清洗兜裆布。

避开鲜红的彼岸花，拉野屎。平静的秋日黄昏。六安的霍乱极为猖獗。确诊患者三百多人，并排而卧，个个骨瘦如柴，迅即死去。

在固始，睡在初中的教室。天花板上贴着英文报纸，中间有一幅彩色印刷的诱人的奶油蛋糕图片。睡觉时，图片就在脸上方。每天都想就是吃不到。

连日淫雨，已滞留十天。

光州是古城，黄昏时进城。无人的街道暗处，钟声悠悠。

抵达罗山时，战斗刚刚开始。我被部署在第一线。大炮、空袭交加。南无观世音菩萨。南无释迦牟尼佛。南无八幡大菩萨。八百万诸神云端遥遥照鉴，求您慈悲伸手保佑。活下来了。此刻在信阳。点着蜡烛，喝着咖啡，写这封信。

汉口在翻过山岭后四十多里处，再加把劲。

今天用五十加仑的汽油桶装了沟渠水泡澡，洗去久积的战争尘垢。凡事穷则通，泡完澡后，身心大爽，感觉与箱根的温泉无异。也换上新的兜裆布。如果炮弹要击中我，此正其时。

一杯热腾腾的咖啡，此刻心情天真如无冕王。下一封信将在汉江书写。

や

昭和十三年十一月十五日　汉口西北部

十一月十五日，还穿着夏季军服。

目前正在汉口西北三十多里处的孝感和应城中间的小村长江埠。

地处湖北省。在此处警备。

水波荡漾的湖泊和水田环绕四周，到处是秋风摇芦荻，划过水面，波光粼粼，日夜准备迎接冬天。

两年没吃秋刀鱼，
秋天又过去了。

已经是夏季军服经不起的寒冷。

今天小津军曹（六月一日升任）也无任何显赫战功，只是垂着鼻涕度日，完全不介意旁人的眼光和流言。

集结到南京，参加汉口之战。先溯江而上至安庆，然后走陆路，经过桐城、舒城、六安、固始、光州、罗山、信阳，十月十三日进入信阳城。这些事已在信阳写信告知，在信阳滞留了十二三天。

从信阳往汉口，越过大别山脉，行至距离平靖关应山四十余里处。路窄山险，只能通过步兵和马匹。重炮、坦克和运输部队暂先返回光州，转往商城、沙窝，在此处翻越大别山脉，再由福里河——麻城——宋埠——黄队，北上至河口镇，再西进夏居——花园——安陆，南向云梦到达长江埠。

汉口虽然攻陷，但任何部队都未进入汉口。从参加战斗的师团中选派了团长指挥的一个营警备汉口。

乘卡车行进了长达一百六十余里，途中沐浴着秋天的阳光和灰尘,车在山峡中蜿蜒行进,霜叶红胜二月花,蓝天万里无云。

天黑时停车,在农家土屋里盖着稻草而睡。不久,月上山岗。

秋夜漫长。肚子很饿。烧起火堆烤白天挖的地瓜来吃。枪声响起。败战的中国军队沿着山脊撤退。从山顶瞄准山峡的火堆开枪。稻草温暖，枪声遥远，照睡不误。不久天亮。整天行军，直到太阳下山。

一百六十余里，走了十一天。其中四天滞留安陆。

这里的百姓如常留下，治安也有维持，早晚开市。蔬菜、猪肉、鲤鱼、糖果、花生、豆腐，石板路上，杂乱成市。擤完鼻涕的手，抓着糖果递过来。虽然肮脏，还是买来吃。

京汉线在四五天内即可通到花园，如此，一日之内即可到达汉口。

暂时驻扎这里。恐怕也将在这里迎接新年。

已经一年两个多月，时光荏苒。军队生活已然习惯。没有痛苦之事，也无愉快之事。三十六岁即将度过，早晚天冷，腰痛。秋风中挺胸而立，我还年轻得很。精神甚好。

请善自珍重，敬祝康健。

や

昭和十四年元旦　应城

后备军曹

垂着鼻涕

恭祝新年快乐

己卯元旦
于湖北省应城
小津安二郎
（《小津安二郎君的信》，一九六五年）

寄自战地

骏河屋的羊羹晚了一天，与昨天的信同时收到。

当此迫切想吃羊羹、即使成田的羊羹也垂涎不已之时，真是奢侈至极，立刻以渠水泡茶享用。

食欲是人类最强烈的欲望之一，如同“啃老”一词，显示出与食欲结合之人生的执着，甚为有趣。

林长二郎离职一事[1]甚好。以此为契机，下加茂制片厂恐将放弃明星制度。但愿同仁们能以作品为本位，拍出好电影。

长二郎极其妨碍日本电影的发展。自诩跳槽是为了致力艺术追求，荒唐可笑，其实只是托词，不如直接说想要钱，我也知道松竹不会给他钱。

看了《天使》，非常有趣，只是耍花招的方式太明显，感觉有点老旧。这是技巧的使用问题，期待下一部。但这种方式

---

① 1937 年，原松竹公司演员林长二郎转与东宝公司签约，从松竹下加茂制片厂辞职，与松竹关系破裂。

流行开来可不行。幸好山中已经出战，这点倒可放心。

卡普拉拍了有趣的东西。如《富贵浮云》的法庭戏、《美国疯狂》的银行戏，将全剧浓缩在一个场景中的本事让人信服，感觉剧本应该很难，但在卡普拉手中却是意外的简单。

昨天收到筈见恒夫的来信，说吐梦的《无止境的前进》可能是本年度最佳影片，甚为欢喜。但他担心整体的讽刺没有奏效——野野宫保吉的个性过强，恐容易沦为保吉的个人传记。他希望这不只是野野宫保吉个人的故事，也可能是 A 或 B 或 C 的故事。希望是公司全体员工整体架构的故事，但小杉的个性过于与众不同，令人有点担心。说得我更想看了。

吐梦还没跟我提过，因为我在打仗。日本举国都处在非常时期，电影也只是新闻的附属。但是日本的军人——暂时不提——我这阵子都没洗澡，浑身发臭，非常难受，只想快快洗去这如野狗的臭味。

上海战线即将进入高潮，我们近日也将出发参与首战。我还有些疑虑，但部队已准备无误，装备俱齐。大概明晚或后天就会出发。

本就不敢期待生还，如能生还自会归来。且去矣。再见！好运！当兵后，字写得比较好了吧？

（《新电影》，一九三八年二月号）

随函附寄

久未问候。此刻在京汉铁路线上的信阳。得知山中阵亡，心情甚为沉重。暂先完成临别时鹤屋酒席上的承诺，寄上原稿。每有机会即想起（在鹤屋吃的）烧烤。军人一有空就肚子饿，一有时间就想食物。每回也都想起和你的约定。军中信件限重二十克，谨慎起见，分成两封。原稿有九张，分别为四张和五张。信阳还不能寄信，虽托后勤顺便带出寄发，但不知何时能到东京。要翻越大别山脉至汉口，还有四十多里，这次连山中的份也用上。提灯游行时请两手都提灯笼。代向诸位问好，并请保重。

小津安二郎

（《电影旬报》，一九三九年一月一日号）

信

目前在河南省信阳。十月二十日。精神大好。此城是在十月十二日上午十一点三十分攻陷。日莲宗祖师忌日法会之日。

从南京（在南京见到佐野周二）溯江而上，直到安庆，辗转桐城、舒城、六安、叶家集、固始、光州、罗山到信阳，来到遥远之地。

桐城外河流清冽，河滩上彼岸花鲜红。用河水冲洗身体，洗了兜裆布。避开鲜红的彼岸花，拉野屎。平静的秋日黄昏。

六安霍乱猖獗，确诊患者三百零六人，并排而卧，骨瘦如柴。如折断枯竹，迅即死去。

在固始，睡在固始县立初中的教室里。窗外有芭蕉，绿叶招展，连教室内都青绿一片。天花板上贴着英文报纸，当中有张彩色印刷的诱人的蛋糕图片。睡觉时图片就在脸上方。只有那个完全吃不到，却每天都想着。淫雨霏霏，滞留十天。

光州是古城。黄昏时进城。空无一人的街道上，响起钟声当当。

抵达罗山时，战斗刚刚开始。大炮横飞，轰然地摇，四周炸裂，连根拔起的秋草和沙土落满钢盔。空袭来临。深绿色机翼上的青天白日闪亮耀眼，投弹后俯冲而下，机关枪扫过头顶。迫击炮碎片和枪弹逆风而来，幸好都没打中，我还活着。

在信阳。城墙上太阳旗随风飞扬。这阵子秋高气爽。

来到这里第五天，听闻山中贞雄阵亡。实在无法相信。记忆中的山中永远是那么精神抖擞，昨天偶然间看到报纸，黯然无语。

与山中东京别后，一月十二日曾在句容一会。得知 ×× 部队驻扎在距离南京九里路的句容步兵学校军营，正逢我护送战友遗骨到上海兵站部后返回滁县的途中。一早就赶去军营拜访山中。一地霜白。早晨点名刚刚结束，山中去厕所了。想到在这种地方见到山中，有种不可思议之感。不久山中回来，手也没洗，抢着握手。他瘦了一点，留着络腮胡，但很健康。

我要在天黑前渡过扬子江返回滁县，实在没时间慢慢聊，话题跳来跳去：战争。彼此平安无事。东京。朋友的信。肚子饿。当兵以后特别喜欢吃甜食。山中问我回去后会不会拍战争片。我说不知道，你呢？他也笑着说不知道，但已经攒了很多笑话。

他拿出烟斗。我说“我也收到了”，拿给他看。填进牙买加烟丝，对看彼此的毛线手套。这是内田吐梦年底寄来的心意。

山中还给报纸投稿。《贼运亨通的两个家伙——山中贞雄》。他笑着把报纸递给我。

“在南京打仗时，非常难抽到烟，因为急于追击，补给不及，只好拔下堤防的枯草充数，其中，蓬草味道最佳。”

我很感动。山中的劳苦远比我多。再次看着山中的络腮胡。三十多分钟的短暂会面。我离开时，山中送我到军营门口。下次见面就在东京了。再次握手后告别。

回到滁县不久，听说山中的部队从南京坐船北上。不久，我的部队也北上。

距离那日相见，已经九个月。

昨天傍晚去野战医院，照看三天前入院的战友进行盲肠炎手术。学校充当医院，教室充当病房，在幕布隔开的手术室里，战友被绑住四肢，剖开肚皮。疼痛发作时，肠子就从切口喷出来。乙炔灯在手术中不时熄灭，每次军医就用染血纱布盖住露出的肠子等待灯亮，我则在黑暗中按住战友的双手，频频念诵“观世音菩萨”。

这也是山中住进的野战医院。在这没有白色天花板、白色病床和花草的病房里，在铺着稻草的门板病床上并排而卧的战友中，强烈感受到命途不济、静静长眠而去的山中就在眼前。他是个好人，难得的朋友。我擦拭眼角。

今天也是秋高气爽的好天气。用五十加仑的空汽油桶装了渠水泡澡。浮草之浴，很别致。泡完澡后，肩膀胸口粘着无数浮草。洗掉久积的战争尘垢，也换上新的兜裆布。凡事穷则通，泡完澡后的清爽心情，和伊豆的温泉并无不同。点着蜡烛写这封信，从背囊中拿出速溶咖啡来喝，美味至极。如果炮弹要打中我，此正其时。一杯热咖啡，让此刻的我心情天真有如无冕王。

后天要向汉口进发。越过山后再走四十多里就到汉口。就快到了。到了汉口也见不到山中。但是到了汉口，可以从山中的战友口中得知他临终的详细情况。

我努力坚持，幸好精神饱满，也试着吸了枯萎的蓬草。希望你也保重身体。我也一样。下封信会在汉口写。

（《电影旬报》，一九三九年一月一日号）

续信

平安无事。在江西省奉新。四月五日。油菜花盛开。宿舍门口的红色门联写着“春雨润耕牛，和风吹骤马”。前面有一只水牛在吃草。春日迟迟。

今天用渠水洗了兜裆布，晒在开花的桐树枝头，天高云淡。暂且挥去“未醒池塘春草梦”的感慨，坐在土堤的草皮上光着屁股写信。久未写信。从哪里写起是好？

上封信说下封信会在汉口写，汉口虽攻陷，任何部队却不得进城。我也辗转绕到汉口西北方的长江埠、孝感、庆城等地警备。

长江埠是靠近湖边的小村落。秋风飒飒，吹过湖水，涟漪荡漾，日日夜夜摇撼枯苇，带来冬意。两年没吃到秋刀鱼，秋天已尽。冬季军服发下来了，但是太小穿不下。九州山义雄[①]肯定也在某处苦恼吧。继续穿着夏季军服，衣领的污垢漆黑

①相扑力士，曾参与侵华战争。

发亮，早晚都觉得脖子飕飕冰冷。下霜了。

孝感有英国人经营的麻风病医院。据说只有人类会感染麻风病。但金鱼确实有癞病，兰寿金鱼就是。这里的景象比其他野战医院都悲惨。

年关将近。到汉口采买年货。从充当兵站宿舍的远东饭店五楼观看飘着太阳旗的汉口街市。见到佐野周二。接受《朝日新闻》采访。喝麦酒，吃蔬菜沙拉，还喝到咖啡，相当满足，砍了一节路边的松枝，回到应城。

除夕夜，加大的冬季军服终于改好。

和冬季军服在庆城迎接元旦。这是来中国之后的第二个新年。这里的警备由山中的古闲部队担任。如果山中还活着，我们可以在此一起过年，思及此，备感无奈。一月底，部队忽然集结到汉口。谣传纷纷，有说回国，有说换防，有说警备汉口。那样就能睡在电灯下了。但都不是，原来是参加南昌战役。翌日，直接渡河到武昌。在初春的暖阳下，江汉关的大钟在头上悠悠响起。

战壕里已冒起缕缕热气。一只蝴蝶翩翩飞舞,《西线无战事》里伸手抓蝴蝶的保罗死得漂亮。我没有伸手,万一中弹怎么办?在武昌登上黄鹤楼高地。

翌日，倾盆大雨。从武昌到太冶，再到阳新，一路泥泞。立春之日行事徒劳，早起仅前进约五里，天色即暗，扎营山中。

不久，十五的月亮爬上山头。去拉野屎，听到鸟声鞫鞫。瑞昌。九江。

九江挤满军人、马匹、车辆、重炮和坦克。连日下雨。趁着一日雨霁，向东绕过庐山山麓，向德安、乌石门前进。路旁有崭新的坟头，数量很多。到处都是激战的痕迹。

大雨连下四十天。战线化成一片泥海，士兵背上沾满泥浆，货车在泥水荡漾中游泳。

从乌石门到越山，再到堰头湖畔，部队保持随时出发的待命态势。

前线隔着修水河与敌方对峙已四个月。河宽三四百米，据说在平静的黄昏，可以听到对岸敌方点名。敌我双方都到河边汲水煮饭，只有这时互不射击，除此以外，只要一发子弹，便会立刻引来三倍的还击。

“兵闻拙速，未睹巧之久也”，这是孙子早就点破的用兵妙谛，也是神速果敢的军队象征。幸好不是制片人的信条。不过，这次用的正是孙子未睹的巧之久战法。

在对岸滴水不漏的坚强堡垒前，我们开始渡河攻击。第一线准备渡河，逼近河岸。我在黑暗中弯身挖掘战壕。馒头似的土堆后面就是坟场。圆锹不时碰到棺材边缘，发出咔咔声。每次声音响起，对岸碉堡立刻扫射机枪。枪声在河面扩散，回响在天雨将至的夜空中。

准备完毕。排设炮阵。集聚弹药粮草。

三月二十日十六点三十分，南昌战役修水河渡河战揭开序幕。炮声隆隆。迫击炮拽着尾音在头上交错炸开，盛开的杏花飞散四方。

十九点三十分，渡河开始。草丛中放下小铁船，士兵迅速登船离岸，消失在浓密夜色中。少顷，对岸碉堡喷出更激烈的火花。我排在第三渡河口的第三号。船底触及河底时立刻跳下船，水深及膝。子弹掠过身边，我冲到河滩趴下。碉堡里面还有敌军。没有时间拿下圆锹，只好用手挖沙，堆起枪托。周围已经全暗。视线透过黑暗，发现前面有铁丝网，对面就是碉堡，我在黑暗中定睛凝视。不知何时下起雨来。如果就此等到天色泛白，必会遭到追究。双腿痉挛，手指泡胀，指甲疲软，指尖疼痛。

这里简单带过往下说吧。

修水河的渡河战结束，开始日以继夜地追击。五谷岭、馒头山、蔡氏、安义、奉新、古楼冈、照山、熊足。一部分部队从这里渡过赣江，截断浙赣铁路，威胁南昌后方，左翼部队攻陷南昌。

我的部队本来是有坦克的运输部队，但这次战斗部队分为坦克和徒步。我以前就不擅长走路，这次必须走路。走了再走。脚底都是水泡，脚踝肿胀。忍耐困苦匮乏，实在难受。但是困苦匮乏永无止境。攻下一城、拿下一个堡垒才是尽头，而且已得以证实。

晴雨交织的十天，毫无休息的疾行。到处是盛开的油菜花，在油菜花田中天亮，在油菜花田中天黑。非常疲劳，头脑昏沉。稍一停步，就站着打瞌睡，身体失去重心，撞到前面人的背包。脑袋沉重。还活着的眼睛里，只有刺眼的油菜花黄。

已经没有对子弹的恐惧。只想伸直两腿睡觉。

经过安义不久，看到路上正规军和百姓倒地而亡。路旁有个出生不久的婴儿，天真地玩着干粮的袋子，一脸狠狠大哭一场后若无其事的表情。任谁看了都觉得凄惨。但是急于追击，谁也无法去照顾婴儿，只想加快脚步趁着婴儿不哭的时候通过。四列行军自动分成左右两排绕过婴儿。打着绑腿的大军靴。经不起踩的婴儿就在行军之流中天真嬉戏。

这是以油菜花为背景的天然电影构图，但也是太电影式的风景。我不喜欢镜头对着这种风景的创意。我也加快沉重的脚步。

春日迟迟。手枪、粗麻布袋、水壶、圆袋、铁锹、帐篷、外套、背包，前后左右分别挂在脖子上。腰间还系着一把源清麿的日本刀。每走一步，钢盔下都滴落汗珠。

很想喝水，想大口大口地喝自来水。趴在田埂上喝田里的水。水中映着春日的天空，水底有蝌蚪游泳。很快就会出汗。没走几步已浑身汗湿。

如果中弹战死，就这一身灰尘汗水污垢，没有热水净身就直接火葬。装在原木箱里送回东京时，我希望能放在水龙头下畅快地浇一浇。我凝视脚尖，默默走着。虽然这么想，但我心底确实有绝对不会中弹的自信。问我为什么，我也不知如何回答。

幸好我很健康。生平从来没有这样坚持过，竭尽全力坚持，也坚持得不错。这是难得的体验。在我今后的人生胜负场上，就像鼬鼠最后的屁一样，这份坚持是最重要的武器。

薄云飘飘的天空转眼凝滞不动。

暮色逼近油菜花田和桐树梢，又逼近宿舍的白墙，还有墙上写的败军之歌的歌词。

> 中国的复兴，全恃最后五分钟努力，你们应该忍受过程中的一切痛苦，不久的将来，悲壮的青天白日满地红的国旗，就会飘扬在你们头顶。

战争必须得胜。

下封信将在何处书写？今天早起就无精打采，非常想吃红豆面包。

（《电影旬报》，一九三九年七月一日号）

第五章

活在对电影的爱中

电影界的小言幸兵卫①

只要赚钱做贼也可以，这就麻烦啰！

即使傻瓜当导演，观众一样会进场

每次看到蚂蚁时都很佩服，那么拼命工作，不曾看到有一只躲在石头后面睡午觉。在这方面人实在幸运，能适当地随心所欲而活。不管下辈子怎么转世投胎，就是不想变成蚂蚁。

我一年只拍一部电影，并不是因为懒惰。但今年电影界全面奋起，我继《彼岸花》之后又拍了一部电影。《彼岸花》的票房成绩很好，聚集那么多明星，卖座是当然的，公司方面本就考虑到票房的保障，认为即使傻瓜当导演，观众一样会进场。

这虽是我无聊的骄傲，但如果真的是傻瓜当导演，恐怕号召不到那么多明星。戏份不重却愿意仗义出演，得以排出壮观的明星阵容，如果这样的演员阵容还吸引不了观众，公司岂止

①小言幸兵卫为日本单口相声曲目之一，主人公田中幸兵卫好管闲事又爱唠叨，被称为小言幸兵卫，现也指唠叨之人。

会诧异，还会立刻和我解约。

电影拍得好，又卖座，真是没有比这更好的事了。但我年轻时总认为卖座和艺术性是相反的。即使不赚钱也罢，只拍自己想拍的东西，就兴致勃勃地去做。因此虽然影评人赞誉有加，公司方面并不高兴。还好他们也认为小津的电影不太花钱，即使观众不来也罢，随他去搞。如果公司打着如意算盘却票房惨淡，恐怕不会善罢甘休。

年轻时果然是心有余而力不足。卖弄通俗性、艺术性这些名词，现在回头再看，根本没有表现自己所想的东西，虽想致力于艺术，却不能好好发挥，就像一片门板一扇窗棂都刨不好的差劲工匠，想雕刻佛像也不可能成功。

或许不要太强调艺术，轻松地拍些赚钱的电影就好。说赚钱也许不太恰当，但让更多的人享受我的作品，公司方面也能赚钱，两者应该是一致的。

导演在年轻的时候充满热情，但是能力往往没有跟上，当热情和能力平衡后，才能真正展现本事。有创意没本事很麻烦，有本事但没创意也麻烦。

这平衡是凡事都能看透后才取得的，这时再量力而行即可。

能和孩子一起看的电影

拍摄一部普通的电影需要数千万日元，导演能随心所欲地运用这笔巨款创作作品，公司也敢把这样的重任交给三十多岁的年轻人。现在的中坚导演多半三十多岁。在当今社会，姑且不论自己经营公司的人，一般三十多岁的男人大概无人能做数千万日元的工作。实业家听说电影工作是由三十四五岁的导演负责，都很惊讶公司真敢放手让年轻人去做。他们的看法也有道理。

因此，导演必须具备能堪大任的信用。当然，公司在提拔助理导演为导演时也很慎重。具备让公司认可的本事需要相当的时日，导演的年龄渐渐提高也是不得已。

和以前相较，电影的水平究竟提高没有？我认为内容没有多大改变。只是内容相同，包装不同罢了，就像以前用牛皮纸包的东西，现在用塑料袋或聚乙烯产品来包装。有时候甚至只是展现包装而已。

以前即使拍得不好，但有感情或是风趣，也能讨喜，但现在是枯燥乏味的内容当道。与其说是本质的改变，不如说是包装因为流行而改变。我想如果内容不变，还是以符合内容的形式来表现比较好。

前几天到街上的电影院，看到某家公司的预告片。一个虽没有袒胸但穿着几乎露出肚脐的短裤的女人和男人跳舞，跳着跳着，被拉到暗处，坐在床上。下一个镜头是在帷幔后面接吻，一边接吻一边跳舞……最近这种片子特别多。

我不是要批评同行，但如果我是家长，绝对不会让孩子看这种电影。想靠电影赚钱固然没错，但赚钱也该有方法。我希望他们多一点道德。虽然做小偷也是一种赚钱的方法，但从扒手开始，接着变成小偷，然后变成强盗，最后变成持刀抢劫犯或强奸犯，这辈子也就完了。我希望电影公司好好想一想，至少该拍些能让大人和孩子一起看也不会脸红的电影。

我们常常说，要拍不以为耻的电影，但公司一心想赚钱的心思和我们的不以为意两两相乘，就像扒手变成了强盗。这大概是日本电影数量太多造成的。在这点上，我反对各家公司同时拍两部戏的做法。因为现在的制片厂已经满负荷运转，各种道具和工作人员也无闲置。同时拍两部戏，制作的影片增加，只会分散目前已经相当忙碌的劳力，更无法拍出好的作品来。

同时拍两部戏，但没有增加人手、增设摄影棚。并不是导演乐于同时拍两部戏，而是迫不得已，没有相应的准备自属当然，质量降低更是当然。

我想，如果同时拍两部戏的做法不赚钱，不久之后，公司就会考虑一次只拍一部了。无论如何,现在是日本电影的过渡期。

前一阵，NHK 的人问我："电影也要一鱼两吃了，究竟是怎么回事？"因为他的口气有点侮辱电影，我生气地说："你们那边不就是一鱼两吃吗？第一放送和第二放送[①]……"他立

①指 NHK 广播第一频道和第二频道，第一频道主要播出新闻和脱口秀节目，第二频道主要播出教育类节目。

刻回答："不对，我们的第一是以娱乐为主，第二是以教育为主……"我于是说："电影也一样，单单认为电影这样做就不对劲，很奇怪吧。"他回答："啊，原来如此。"只是这部分从录音中删掉了。

如果赚钱，连文艺春秋也会出版别册，如果不能卖钱就不出别册。大家都一样，为什么只有电影这样做就是堕落呢？

出别册，是因为内容多到正本容纳不尽。如果同时拍两部戏能够增加新人出头的机会，我也赞成。

新人的新鲜感

我认为电影没有文法，没有"非此不可"的类型。只要拍出优秀的电影，就是创作出独特的文法，因此，拍电影看起来像是随心所欲。

年轻的助理导演进入制片厂时，一定怀有很大的抱负。但常年跟在导演身边跑腿，自己的新鲜手法消失了，在观摩现有的常见手法后，也渐渐自我妥协地认为这就是电影的文法。当上导演后，拍摄方式也变得同样普通。日本电影看不到新鲜感，原因即在此。

我偶尔看到墨西哥、意大利的新人导演或业余导演拍出来的东西，总是感受到令人惊异的新鲜手法。我虽没看过石原慎太郎导演的作品，但一定有其趣味之处。

当时，助理导演群起反对石原导演，我觉得很奇怪。[1]他们是因为忽然由外行人担纲而不愉快吧，那么助理导演忽然发表小说，文艺家协会也会生气吧？我们写小说，别人不会生气，但是写小说的人来拍电影，我们就生气，偏见莫此为甚。何不采取即使心里有气，还是协助拍完电影，然后彻底评判成品的态度？还没开拍就众声喧哗，不是也没用吗？

最近有志成为导演的人很多，考试也非常难。我甚至觉得通过这样困难的考试的人可能不适合当导演，如此渊博的人在其他方面发挥那些知识或许更好。如果现在考，我和木下惠介都会落榜吧。

要当个挑粪工人，只要有强壮的手臂、扛得住粪桶的肩膀和腰力，人也老实即可，挑粪工不知道圣德太子也无所谓，圣德太子或许需要挑粪工的帮助，但彼此没有太大关系。同样，让志在导演的人和要进报社杂志社的人接受同样的考试，是搞错对象了。与其考这些，不如观察他对事物的看法、想象力以及用制图器具绘图的能力，尤其要考像圆锥形倾斜六十五度时看起来是什么样这种绘图能力，因为这在写分镜头剧本时需要用到。

---

① 1958 年，东宝公司欲起用没有助理导演经验的石原慎太郎为正式导演，遭到助理导演协会一致反对，为平息此事，东宝同时提拔了几名助导为导演，并将石原安排到子公司东京映画，拍摄了《年轻之兽》一片。

现在的助理导演都是大学毕业，通过困难的考试，头脑优秀，处理事情得当，记忆力也好，作为导演方便好用。但我总是难过地想，没有更能发挥他们专长的路子吗？

靠不住的人气

《彼岸花》向大映公司借用山本富士子，据说大映的永田社长看到剧本后，说山本富士子的角色是配角，很无聊，要求改写。但是站在我的角度，确信山本富士子那样的美女来演有点搞笑的角色，既显得可爱，也能够拓宽戏路，绝对有得无失。

我见到她，问她意愿如何，她说“让我演”，于是直接开拍。

山本富士子不愧是大映的珍藏级明星，充分具有成为一流演员的素质。我最佩服的是她没有任何习癖。有些美女往往有怎么让自己看起来更美丽、举止眼神都无可挑剔的毛病。但是她没有，天真诚挚，没有电影人的世故。而且悟性好，也很热心，不怕吃苦。

当然，有马稻子、久我美子等当今一线明星，事实上都很努力，认真工作，否则无法保持地位。明知明天要拍戏，必须背剧本，但客人一邀就去的人成不了一流明星。通常要准备好这场戏该怎么演、台词也充分消化完毕后才去。

明星容易不知不觉沉溺在人气中。在人气榜上高踞前列，就误以为受到大家尊敬。其实人气并不伴随着尊敬，像浮萍一样无依无靠。因此，必须趁着有人气时努力提升才艺，不再完全依赖人气。

我微微一笑，大家就跟着欢喜，得意洋洋地自我陶醉。但人气是冷酷的，说变就变。这时虽然凄惨，也是自作自受。俗话说“打铁趁热”，在有人气的时候好好磨炼才艺，即使人气没了，一样是纵横影坛的优秀演员。

身为导演，当然希望用各种类型的演员，可惜经常往来的就是那几个，选择范围相当有限。我想，演员中恐怕也有不少人想参与各种导演的作品。

这个专属制源自六社协议①，我希望各家公司能彼此通融。一个公司苦心花钱栽培的新人被别家公司借去，感觉吃了大亏，宁可把人留在公司不用。

津川雅彦的情况就是这样。详细的内情我不知道，但把有前途的新人放着不用，未免过分。当然可能有些不愉快，但借给其他公司，将来自家公司有需要时也可借到别家的人。我希望他们能有此雅量解决问题。自家公司的明星不能外借，这样六社协议反而阻碍了日本电影的提升。

---

①日本五大电影公司（松竹、东宝、大映、新东宝、东映）于 1953 年 9 月签定导演与演员专属制协议，称为五社协议。1958 年日活公司加入后成为六社协议。

六社协议原是一项和平性的协议，但就现状来看，倒像是规定吵架时不能用枪，但可以动刀、刀长限定几寸、打手该有几人这种性质的东西。

不能作为参考的影评

法国作家朱尔·勒纳尔说，看写别人的书评觉得写得好，看写自己的书的书评就觉得不好。就像看到别人的肖像画，感觉画得很像很有趣，但是看到画出来的自己时，却觉得一点也不像。我想，这其中有评论的局限。

影评也是如此。觉得某人对别人作品的影评非常中肯，深表同感，但当矛头对着自己时，就觉得那家伙乱讲。所以，影评家的评论多半不能当作参考，朋友之间的批评才能切中实际，最为难得，让我刻骨铭心。

电影中总有刻意的不合理，有谎言。如果没有刻意的不合理，那就不是戏剧而是纪录片了。例如《彼岸花》中，佐田启二没和女友商量就忽然去拜访她父亲。这在现实中不可能发生，但如果不那样演，电影就无法成立。

另一个例子是电影《冰壁》，拿来当例子真是抱歉。在片中山本富士子曾经和某个男人有过一夜情，但是看到电影时，感觉山本富士子绝不可能有一夜情。（在此意义下，山本富士子的角色分配是错误的。）但是电影就是从这个不可能有的谎言开始，如果要追究这点，这个故事就瓦解了。

所以，不能攻击这些不合理的地方。导演如何巧妙掩饰是个问题。影评家屡屡指责这些不合理，对故事追根究底，就没什么好说的了。我们心知肚明，即使那一点被骂“愚蠢无聊”，也觉得无关痛痒，不会当作参考。

评论就是敢大放厥词。关于电视剧，其实我也觉得无聊，认为有很多地方怎样做会更好，但如果说出来，他们真的变好了，就会成为电影的威胁，砸了我的饭碗，所以还是保持沉默吧。

还有，电视剧不看到结束不知其无聊，很麻烦，浪费很多时间。因此，他们在开播以前拼命宣传，本剧务必要看啦，本剧厂商没有大力赞助，这么说也许不合适，但有空的观众可以看看，还是能感受到赞助商的善意啦……让人觉得好戏要开场了。结果让日本国民变得懒惰。

而且，人只有两只眼睛，在同一时间播放同样的节目实在很蠢。虽然有“二十四只眼睛[①]”，但一般人只有两只眼睛，那么多电视节目真是浪费。如果影片数量减少，广播电台只剩一个，报纸也只剩一家的话，世界会清静很多。

（《文艺春秋》，一九五八年十一月号）

①日本女作家壶井荣的小说，后由木下惠介改编为同名电影。

我已是旧人……

虽说已到了一九五〇年，可我不认为自己身上有什么特别新的东西。永远通用的事物才是常新的，街头充斥的长裙和其他流行只是一种现象。现象是不变的……因为那是新的，如果只以现象来论新旧，那么，我今年就想探讨特别旧的东西。

当然，我最大的希望是制片厂的机器设备能够更新。一面嘲笑街头奔驰的破日本车，一面羡慕外国新型汽车的心情，恰似我使用现在的摄影机的心情。希望能早日更新摄影器材和录音设备，提升日本制片厂的硬件设施。

日本的电影格局小，是由日本本身的狭隘所致。要让电影事业更健全地成长，必须为编剧和导演打好经济基础。

站在我的角度，重要的是掌握新的题材，但更重要的是能否用过去那种普通的素材做出更好的东西。努力拍出高水平的作品，是我今年的目标。

战后已经五年，观众的眼光也提高了。要回应观众的成长，就要制作优秀的作品。好的作品必定吸引观众。因此从今年开始，应该实施好作品长期上映的制度，我想这一定能提高作品的质量。过去的电影上映档期制度像是用蚯蚓钓鲫鱼，企业家也该知道这种做法已令观众生厌。

还有新人方面，导演也好，演员也好，现在日本实行的制片人制度反而有妨碍新人出头之嫌，所以今年公司方面也需反省，让制片人尝试一些新的冒险。

（《小津安二郎战后语录集成》，电影艺术社，一九八九年）

电影是以余味定输赢

我获选为艺术院会员，国家终于承认电影是艺术了。很意外，感觉成了重要人物。沟口健二若还健在，大概会第一个以电影人身份获选为会员吧。

但我不会因为当上艺术院会员就说“从此以后只拍艺术电影”。我仍一如以往。人只能在他所处的环境中尽力而为。我在松竹，松竹的员工都是我的朋友，我必须为松竹着想。电影本来就是这样的性质，不会因为自己好就一切都好。何况电影的制作费用愈趋高昂。

二月家母过世，虽然大家都说我“今年喜事与不幸相交而来”，但死亡是天意，并非不幸。骨灰放在家里，我也无法做到每天诵经，所以最近送到高野山存放。

电影方面也渐渐出现宽银幕、七十毫米胶片等变化，但我仍有意用标准画面拍摄宽银幕拍不出的东西。这种心情在拍这部《秋刀鱼之味》时尤其强烈。因此，镜头数量相当多，可能超过一千。

大体上，电影是从单纯拍摄类似舞台剧的横向画面开始的。在昭和初期，我和山中贞雄、内田吐梦、伊藤大辅等人就尝试拍出纵向的深度，并不会因为出现了宽银幕就胡乱横向扩展。虽然余日无多，也不愿意做像从信箱口看外面的事情。

我认为，电影是以余味定输赢。最近似乎很多人认为动不动就杀人、刺激性强的才是戏剧，但那种东西不是戏剧，只是意外事故。我在想，可以不要意外事故，只以“是吗”、“是这样啦”、“就是那样啦”的腔调拍出好一点的故事吗？当然，电影的领域扩大了，什么样的题材都有也不是坏事，只是……

今后想好好地拍片，无论如何要做到一年拍一部。虽然多拍一些，晚餐时也可以多享用一壶酒。下部作品也……我是凡人，拍不出不同的东西。松竹的女演员逐渐齐全，很好。岩下志麻是十年才出一个的纯情类型，具有松竹女星的气质。冈田茉莉子演带点滑稽的角色相当出色，无人能出其右。

（《东京新闻》，一九六二年十二月十四日）

有包容力的艺术

以电影的情况来说，艺术与企业不能完全分开来考虑，甚至可能是在企业中，艺术的创作才得以成立。在文字与绘画等个别艺术上，无视企业性，艺术性也可以成立，电影这种综合艺术虽然具有艺术性质，但以为艺术价值高便无视企业性就过分了。反之，也绝对没有只靠企业性成立的电影。电影公司如果只想着做生意，拍电影的人不在乎制作时间和费用，只想着拍出艺术性的作品，结果都无法提升电影本身。

站在导演的角度，制作一部作品时，不会一直意识到这是企业中的艺术，一定还是沉浸在艺术的感情中。我们也一样。但在企划和完成一部电影的过程中，必须协调好企业性的倾向与艺术性的倾向。制片方和拍片方在这点上必须相互理解。

我觉得创作艺术的艺术家轻易自称艺术家很奇怪。轻易主张文化艺术的，又是些什么人呢？夸夸而谈创作艺术、开创艺术，但藏在艺术名义背后的东西可能很多。以目前日本的状态来说，在企业提供的条件中，双方认真和睦地制作出好作品，就是企业性中的电影艺术性。如果这样还做不好，被视为没有才能也没办法。乍看有点消极主义，但电影不是只靠稿纸、钢笔和墨水就能完成的，不能无视资金来源。不是只要自己拍得高兴就好的小玩意儿。拍电影需要很多以此为生的人员和器材，因此需要资金，完成的电影必须产生利润。当然我也想过，如果有很多钱，大可只拍喜欢的电影。但实际问题是现在的电影是在企业中成立的，仍然应在企业中全力以赴。不拍出所谓的艺术作品也无妨。我希望电影本质上是愉快的消遣。如果每部电影都青筋暴露、自称艺术，反而缩小了电影的格局。从日本的现状来看也过于偏颇。常听人说“为了艺术”，我认为那是对艺术的掉以轻心。艺术令人敬畏不是坏事，真正的艺术应该是更崇高的东西，真正的艺术家在艺术面前会感到谦卑。多花费金钱和时间就能创作出艺术作品吗？艺术不是那样的东西。必须更深入地思考如何让电影的艺术性更好地立足于企业性，并从中创作出好作品。

电影艺术不论是什么形式，都必须靠企业来成就。像美国那样有制片人在企业中筹划艺术的情况最好，像东宝就是因为能制作好电影的制片人不得其人，所以造成这次的失误。[①] 从现

① 1946 年至 1950 年间，东宝公司的经营方与工会矛盾激化，其间共发生三次大型劳动争议，称为“东宝争议”。1947 年，部分脱离工会的人员组建了新东宝公司。1948 年，东宝经营方决定大规模裁员，引发大罢工。

状来判断，谁都知道不能断言“公司的高层不懂艺术，我们想做的、做出来的是艺术作品，即使公司垮了，能做出艺术作品就好，只要作品好就好”。但也不能断然说只要赚钱就好。其实要解决东宝这样的问题，根本不必搞垮公司，弄成现在这样是经营方的败笔。看看东宝的情况，再看同是电影公司的松竹，在许多事情上确实大相径庭。我心想东宝竟然这样也行。我也希望在制作时间和费用方面能像他们那样，可惜做不到。我们与美国不同，电影市场太小，当然不能老是拍超过一万英尺的作品。现在看起来，东宝似乎处在无政府状态。如果不及早寻求对策，对双方都不好。现在以解雇员工的方式处理，从人道角度看，我无法认同。

以电影制作的现状来说，看到东宝超过一万英尺的作品时，我觉得七千英尺就能拍成，赘肉太多。如果这种拥有赘肉的作品是艺术，我也只好闭嘴。或许我在松竹也拍了不符合企业性的电影，但还是尽量遵从公司的方针，站在导演的角度为企业考虑。这种妥协建立在人与人的信赖上，世上没有不能商量和妥协的事情。详细的情形我不知道，但东宝的情况始于感情问题，不能因为是临时拼组而成的就没有人与人之间的密切关系，应该肯定对方好的一面。

日本电影现今的状态，还不到打着艺术性口号就可以不顾一切的地步。日活、东京发声、第一映画等公司拍出好的电影后，也陷入了严峻的困境。东宝的情况也一样，只能说拍出了还可以的电影，但公司被拖垮了。

以长远的眼光来看，有好的作品也有马马虎虎的作品，在逐渐教育大众的过程中提升电影，是最理想的情况。现在，双方夹着艺术互相仇视又能如何？大家都希望日本电影尽快好转，因此滥用艺术。在此意义下，东宝工会提议制作二十八部电影，不管是为了确立艺术性，还是包含了浑水摸鱼的东西，依然考虑到了企业中的艺术性，所以我希望公司方面能设法采纳这个提议。

工会方面过度宣传，说耗费时日的作品是艺术，这就像人多误事般让自己陷入自称艺术的窘境中。在自己高唱的艺术中动弹不得，结果招致艺术本质降低，何其愚蠢。过度夸张艺术，艺术就变成了花费大量时间金钱却赚不了钱的东西。

电影艺术——那是在企业中制造的快乐之物，必须更有包容力。

（《电影旬报》，一九四八年六月下旬号）

想描述泥中莲

提到我的目标，也没什么与众不同的方法，只是照我所想的去做。简单说，就是自然地去拍，但这说的只是方法问题，谈到它的本质时，需要想一想。

例如，我想让一般人理解我在战后拍的东西，但在这方面我好像太怯懦……

面对摄影机时，我想的最根本的东西是通过它深入思考事物，找回人类本来丰富的爱……在战后，风俗、心理等那些所谓的战后派或许和以前不同，但在其底层流动着的，说是人性可能过于抽象，算是人的温暖吧，我念兹在兹的，就是如何将这种温暖完美地表现在画面上。

泥中之莲……泥土是现实的，莲花也是现实的，泥土肮脏，莲花却清丽，可是莲花的根在泥土中……我想可以通过描述泥土和莲藕来衬托莲花，也可以反过来通过描写莲花以凸显泥土和莲藕。

战后的社会不干净，混乱肮脏，我讨厌这些，但这是现实。与此同时，也有谦虚、美丽而洁净绽放的生命，这也是现实。不能同时看到这两方面就不配称为导演，因此，描写的方式也有两种，就像刚才所举的泥中之莲……

但在这个时候讴歌美丽的感情世界，立刻会被视为怀古或是徘徊不前。这样片面的看法是战后的风气，但如此是看不出真相的。《晚春》《风中的母鸡》以及以前的《长屋绅士录》等系列作品，都有我刚才提到的理念支撑……

在剧本不好、摄影器材差劲的恶劣条件中，如何表现出丰富性？要做到这一点，必须留意每一个画面，我“执着”的绰号也是因此产生的吧……

（《朝日艺能新闻》，一九四九年十一月八日）

活在对电影的爱中

问 小津先生，从《我出生了，但……》《独生子》开始，到战后的《长屋绅士录》《晚春》和这次的《麦秋》，是一段相当长的路，请问在这段路程中，《麦秋》的定位在哪里？想从您本身的抱负的角度听听关于这一点的看法……

答 《麦秋》最像《晚春》。我想在里面表现什么东西呢？虽然不知道能不能做到，但我想减少戏剧性，想在内容表现中不落痕迹地累积余韵，成为一种物哀之情，让观众在看完电影后感到余味无穷——我想能做到这点就好，所以试试看。当然，完成后电影中没有也无可奈何，虽然没完成还不能定论，但我的目标依然在此。也就是说，电影不是用十分来展现戏剧性，而是只展现七八分，让那些没有展现的部分成为物哀是我的目标。如果这次做得有趣，我将来都会拍摄这样的电影，如果做不好就重新学习，思考怎样才能做好。我一再重复，小说着重的是行与行之间的语感，日本画强调的是留白，都不是激情的展现，而是不经意间的细细品味。因此对我来说，这次的题材比较冒险。当然，以前不是没有这样的情况，只是觉得也可以拍这样的东西了吧。（他想了又想，断断续续地说。）

问 关于这一点，前几天《东京新闻》上刊登的笠智众先生的访谈中，提到您去看马蒂斯的画展时说："非常游刃有余，给人游于艺之感，不愧是伟大的画家……"

答 其实那些话不是我说的，是志贺直哉先生写过的，我很赞同而已。他说，东搓搓西揉揉，嘀咕着这也不对那也不对的工作，或许也是艺术，但只要做的人没有乐在其中，大概只能算是工匠技艺。在这个意义下，我好像还没走出工匠技艺的领域。（小津先生微微一笑，但不是自嘲的微笑，而是非常理解自己的坦然微笑。）

问 您在战前，总是满怀热情描写住在工厂储气罐附近和荒凉地区的人们，但在战后，这些东西都从银幕上消失了。没有了饭田蝶子饰演的妈妈和可爱的调皮小鬼，我们都感到有些失落，关于这一点呢？

答 这样说或许不好，但我已经不像以前那样热衷于住在那些地区的人了。以前，那些人不会这样没有人情味，例如，以前的人有在自家门口种些花草的可爱想法，但现在乱丢垃圾、生活质量降低，在我眼中，已经没有以前可爱的一面了。（沉默片刻。）

我想可以这么说，如果把肮脏的东西当作干净的东西来描写是说谎，而夸张描写它的肮脏倒是行得通。但这样不是写实。在此意义下，共产主义国家的电影都不是写实。或许我们强调干净的一面也是同罪。不是说我今后的电影中绝对没有储气罐和顽皮小鬼，因为我也不会一下子变成暴发户。（众人哄笑，虽然已经超过约定时间五分钟，但小津先生完全忘记了，给人与当初可怕印象完全不同的亲切大叔的感觉。）

问　那么从《晚春》和《麦秋》的世界再度回到荒地工寮或简陋的长屋，也不无可能吗？那些妈妈到现在还念着您呢。

答　那些是我作品的出生之地，我不可能回到其他地方。但我现在实在没有描写讨厌家伙的心情。

问　您期待的是否不再是那时的无奈孤寂，而是更积极的现代姿态？

答　是的，如果我现在来拍，不会选择那样绝望、那样认命的角度，会试着找出更明朗的地方。以前觉得无奈，但那是一种不负责任的感觉。现在回头来看，应该可以做出和当时不一样的东西。写实面或许减弱，但我无意成为教育家，所以会尝试那个方向。（讲到这里，语气稍快，有点激动。）

问　应该有明朗的一面吧。

答　有，但要做到不说谎很困难，变成做作的教育片也很麻烦……

问　导演这条路已经走了二十多年，在这期间，世事变化甚大，题材也有种种变化，有没有您追求的永恒不变的题材？

答　以我的情况来说，还是人情吧。

问　是浪花曲[1]中所讲的人情吗？

答　有点不同。我眼中的人情虽然没变，但是表现变了。

问　您本身没变，但是社会变了。而且您的视线也有所转移，因此在背景和人物方面，把以前对旧市区庶民的爱转而强烈地灌注在镰仓一带的大学教授家中错过婚期的女儿身上？

答　可以说转移吧，但本质上没有任何改变。人不是那么容易改变的……至于对角色的喜爱，我虽然常常描写女人，但一般而言，私娼、寡妇和艺伎这些角色本身都有个性或特异性，比较容易掌握，但小家碧玉的角色，在小说中也一样，属于难以描写的女性类型，因此我想描写真正的女孩的心情很强烈。

问　您是受到西方导演的影响吗？

答　有很大的关系。例如，最近非常喜欢威廉·惠勒和约翰·福特，看了《深闺梦回》，非常佩服。要说什么地方令我佩服，应该还是那种处理手法的电影感觉，我得到很大的启发，也想模仿，但不是他在这个地方这样拍，我也这样拍，而是处理手法。那边是美国，可以直接在平底锅涂上黄油煎东西，

①日本一种传统说唱艺术，也称浪曲，内容多涉及人情义理，故也代指人情义理一词。

我们这边是用柴鱼片熬高汤，有所不同，但处理手法也会受到感知的影响。例如，我看了惠勒的电影后，某些情况下会想到那部作品里有这样的场面，我也试试看，并不是具体地在什么地方就要怎样。

问　在这个意义下，影响您的内容构成的，应该是来自文学等艺术方面的感动了？

答　文学吗？是的。

问　具体来说，是怎样的作品？

答　还是志贺先生的作品吧，他的书中有很多见解和人的爱。不是只关注事件的进展，也有事件中人对事物的见解和带有爱的观点。

问　但是，随着社会及事件一起激动，不是人类极其自然的心情吗？

答　那种情况让擅长的人来做就好。例如，有人会做纳豆，有人会做油炸食品，有人会做豆腐，如果是我，只做纳豆就好，虽然同样是纳豆，但我想做不同的纳豆，而且是竭尽全力去做非我来做不可的纳豆。

问　是更针对庶民的纳豆吗？

答　那是题材的问题，只要有好的题材我就想拍。但因为容量关系，“长屋故事”很难撑起一部影片，需要更大的格局和华丽的内容。既然这样，心想只拍母亲和顽皮小鬼群体就好了，不过那也相当累人。

问　因为商业性的要求，才拍了《晚春》和《麦秋》这两部作品吗？

答　我是希望在兼顾我的想法的同时，也能在商业上有所成就。同一部电影，销售部门从商业方面考虑，制作部门从艺术方面考虑，彼此协助。因此，我不会为了赚钱而拍电影。在制作一个场景时，有制作能力和我们的想象的差距等问题，实行起来很困难。但像镰仓附近的中产阶级学者家庭的场景，只要查一下旧书立刻能做出来，外景也能迅速拍好，当然，这是行内话。

问　我们回到前面的话题，您说现在的庶民生活没有人情，原因何在？

答　并不是人们的错，是这个社会很糟糕，但要归咎于社会不好就没完没了。不过，让人们看到"电影里的人那么坏也没怎样，我又何必介意"，因而感到安心的电影，还是会让社会更糟，所以我想描述一些不同的东西。

问　完全理解。不过，虽然理解《麦秋》的世界中呈现的深刻的美好，但也让人觉得那只是逃出粗暴社会的喘息之地……

答　这就是我刚才说过的，我只做纳豆……

问　所以说，导演并不是要去揭露社会的恶，只是想在我们有点痛苦的生活中找出美的地方。《麦秋》中，嫂嫂和小姑吃了九百日元的蛋糕。嫂嫂说，这些钱可以买很多布料，太浪费了，但还是吃得津津有味。对一般人来说，九百日元的蛋糕不会太贵吗？

答 （稍微想了一下，直截了当地说）还是会吃，还是会吃吧。虽然觉得浪费，但又觉得可口……

（《电影新潮》，一九五一年十一月号）

作品自叙

忏悔之刃

老实说，当时我并没有想那么快当导演。担任助理导演可以优哉喝酒，当了导演后，晚上也不能好好睡觉，不得不忙着写分镜头剧本……但是身边的人都说我该拍部片子看看。如果要拍，我是想拍已经写好的剧本《瓦版大山》，可是就在我摩拳擦掌准备动手的时候，公司却决定拍野田的这部剧本。昭和二年八月，我接到公司的委任书："特命为导演，隶属古装片部。"

当时古装片的地位比时装片低一级。拿到委派令后，蒲田制片厂的古装片部却解散了，我卡在不上不下的位置。片子刚开拍，我又接到征兵通知书，日夜赶拍还是来不及。之后我加入伊势的兵团，只有第一个镜头由斋藤寅次郎代为执导。回来时，片子已经上映。我在电影院看了，不觉得那是我的作品。因此，虽然是我的处女作，但只看过一遍。

《忏悔之刃》（松竹蒲田·昭和二年），原作：小津安二郎，改编：野田高梧，摄影：青木勇，主演：吾妻三郎、小川国松、河原侃二。

年轻人的梦

拍完《忏悔之刃》后，我连续拒绝了六七部公司派下来的片子。实际上我并不想那么早当导演，喜欢悠闲自在。于是自己写剧本，当然还是遵循公司的企划。也是从这部片子开始，和一直担任我摄影师的茂原英雄合作。他真是一个难得的出色摄影师。现在拍我电影的厚田雄春是他的助理，从这部《年轻人的梦》开始就跟着他。

《年轻人的梦》（松竹蒲田·昭和三年），原作/改编：小津安二郎，摄影：茂原英雄，主演：斋藤达雄、若叶信子、吉谷久雄、松井润子、坂本武、大山健二。

太太不见了

这是某个杂志征选得奖的电影剧本，说不上有趣，老实说我已记不清楚内容了。是公司派下来的企划。

《太太不见了》（松竹蒲田·昭和三年），原作：高野斧之助，改编：吉田百助，摄影：茂原英雄，主演：斋藤达雄、冈村文子、国岛庄一、菅野七郎、坂本武、关时男、松井润子、小仓繁。

南瓜

这部片子非常短，但也是从这个时候开始，我终于理解如何写分镜头剧本。

《南瓜》（松竹蒲田·昭和三年），原作：小津安二郎，改编：北村小松，摄影：茂原英雄，主演：斋藤达雄、日夏百合绘、小樱叶子、坂本武。

搬家的夫妇

这也是公司分配的剧本。虽然是分配的，但也是觉得这个故事我能拍好才接受的。那时有点尝试的企图，拍了这部像是游戏之作的东西。但是拍完后，影片剪得非常短，不是我当初设想的电影。

《搬家的夫妇》（松竹蒲田·昭和三年），原作：菊地一平，润色：伏见晁，摄影：茂原英雄，主演：渡边笃、吉川满子、大口一郎、中滨一二、浪花友子、大山健二。

肉体美

嗯，我的作品从这部片子开始才有点像样了。公司认可我能力的，也是这部作品。还记得当时内田岐三雄在《电影旬报》为这部作品写了一篇有名的影评。我也大致领悟到电影这样拍就对了。现在的导演在独当一面后，立刻就能拍正式的长片，但当时的新人导演只能拍三十分钟左右的短片，很难找到自己的方向，在完全领悟以前需要时间。

《肉体美》（松竹蒲田 · 昭和三年），原作 / 改编：伏见晁，润色：小津安二郎，摄影：茂原英雄，主演：斋藤达雄、饭田蝶子。

宝山

这部电影是非常匆忙地构思出来的，通宵熬夜，连续五天拍完。意外的是我一点也不累，第六天早上玩传接球时，能清清楚楚地看见球，毕竟年轻啊。但后来尝到恶果，长时间困扰着我。

《宝山》（松竹蒲田 · 昭和四年），原作：小津安二郎，改编：伏见晁，摄影：茂原英雄，主演：小林十九二、日夏百合绘、青山万里子、冈村文子、饭田蝶子、浪花友子。

年轻的日子

这是一部穿插滑雪娱乐的学生喜剧，主角是个住在挂着“出租”牌子房间里的学生，观察是谁来看房。如果是讨厌的家伙，就说已经租掉了。如果是漂亮女生，就把房间让给她，自己搬走，但东西还留在房间里，制造以后借口来拿东西见面的机会。

当时，伏见晁和我想了好几个这样的故事，这段时间的电影很多都是和伏见共同创作的。每到黄昏，我们就去银座喝酒吃饭聊天，然后回到我深川的家，继续闲聊听音乐，夜深再喝杯红茶，天亮时一个故事就完成了。耗上一夜必定能完成一个故事，现在想起来还觉得不可思议。

《年轻的日子》（松竹蒲田·昭和四年），原作 / 改编：伏见晁，润色：小津安二郎，摄影：茂原英雄，主演：斋藤达雄、结城一朗、松井润子。

日式欢喜冤家

这是野田君构思的故事。两个男人围绕一个女孩，很普通的故事，所以特别加上日式两字。

《日式欢喜冤家》（松竹蒲田·昭和四年），原作 / 改编：野田高梧，摄影：茂原英雄，主演：渡边笃、吉谷久雄、高松一郎、浪花友子、结城一朗。

我毕业了，但……

这是我起用高田稔和田中绢代的电影。我的作品中有很多学生片，要用年轻演员，不是演上班族就是学生，但是当时的上班族类型有限，学生也不像现在这样经常和警察发生冲突，而是轻松悠闲，很容易成为荒诞电影的素材。这部片子本来是清水宏打算自己拍的，最后转到我手上。我那时也有无论什么都要去做、想做什么就非做不可的心情。电影导演有艺术性的想法固然很好，但也需要能掌控各种事物的艺匠本领，虽然真变成艺匠就麻烦了。但在当时，我们能有这样的艺匠训练实在幸福。无须顾虑任何人，做自己爱做的事。现在的人恐怕无法如此尽兴吧……

《我毕业了，但……》（松竹蒲田·昭和四年），原作：清水宏，改编：荒牧芳郎，摄影：茂原英雄，主演：高田稔、田中绢代、铃木歌子、大山健二、日守新一、木村健儿、坂本武。

公司职员生活

这部片子是上班族电影的先驱。还是以往的荒诞电影，但我企图以比较写实的笔触来描述。对了，在这部片子中，我难得地使用了重叠技术，也就这一次，用于表现早晨的感觉。使用后觉得虽然方便，但很无聊。这是用法对了就很好的技术，可惜大多数电影是用来蒙混过关。我讨厌用作蒙混的重叠。

《公司职员生活》（松竹蒲田·昭和五年），原作/改编：野田高梧，摄影：茂原英雄，主演：斋藤达雄。

突贯小僧

《公司职员生活》中有个童星青木富夫，是个拍戏途中会睡着的有趣小鬼。我觉得很有意思，想拍一部以他为主角的片子。当时德国啤酒刚刚开始进口，大家又都想喝，所以我一说这个想法，大家就一起合写这个剧本——原作挂名的野津忠二，就是野田、我、池田和大久保忠素合在一起的笔名——由我拍摄，拍戏时间确实只用了三天。

《突贯小僧》（松竹蒲田·昭和四年），原作：野津忠二，改编：池田忠雄，摄影：野村昊，主演：斋藤达雄、青木富夫、坂本武。

结婚学入门

在我的作品录上，这部片子前面还有一部《生存力》，但只是宣布要拍，实际上连剧本都没有。这部《结婚学入门》是新春贺岁片，实际拍摄是在昭和四年。是部比较低调朴实的贺岁片，也是我第一次起用栗岛澄子。

《结婚学入门》（松竹蒲田·昭和五年），原作：大限俊雄，编剧：野田高梧，摄影：茂原英雄，主演：斋藤达雄、栗岛澄子、奈良真养、冈村文子、高田稔、龙田静枝、吉川满子。

开心地走吧

这是一个不良少年重新做人的故事。原作者虽然写的是清水宏，事实上是口耳相传的创意。

《开心地走吧》（松竹蒲田·昭和五年），原作：清水宏，改编：池田忠雄，摄影：茂原英雄，主演：高田稔、川崎弘子、伊达里子。

我落第了，但……

这是《我毕业了，但……》背后的故事。一个准备毕业考试的学生把小抄写在白衬衫袖子上，当天被房东的女儿故意洗掉，于是毕不了业。可是，通过考试顺利毕业的人找不到工作，反而是不能毕业的学生家里继续送来生活费，过得轻松快乐。这是短片，也是从这部片子开始，我把笠智众当作真正的演员，虽然以前也用他……

《我落第了，但……》（松竹蒲田·昭和五年），原作：小津安二郎，改编：伏见晁，摄影：茂原英雄，主演：斋藤达雄、横尾泥海男、关时雄、三仓博、田中绢代、月田一郎、笠智众。

那夜的妻子

原作是在《新青年》连载的翻译小说。这是第一次和冈田时彦合作。共拍了七卷胶片，除了第一卷，其他六卷都在同一场景拍摄。因此晚上都没有睡，思考分镜头剧本，真是煞费苦心。但是也有收获。完成后，城户先生大为赞赏，叫我去温泉地休养一番。

《那夜的妻子》（松竹蒲田·昭和五年），原作：奥斯卡·希斯格，改编：野田高梧，摄影：茂原英雄，主演：冈田时彦、八云惠子、岩间照子、斋藤达雄、山本冬乡。

爱神的怨灵

虽然城户先生叫我去温泉地休养，但也要我拍一部片子回来。这哪里是休养？在那里拍的就是这部片子。去了温泉地却不能休息。这是配合中元节的应景电影，内容也记不得了……

《爱神的怨灵》（松竹蒲田·昭和五年），原作：石原清三郎，改编：野田高梧，摄影：茂原英雄，主演：斋藤达雄、月田一郎、伊达里子。

瞬间的幸运

这到底是什么样的片子？我怎么也想不起来。

《瞬间的幸运》（松竹蒲田·昭和五年），原作/改编：野田高梧，摄影：茂原英雄，主演：斋藤达雄、吉川满子、青木富夫、市村美津子、关时男、月田一郎、坂本武。

大小姐

这部片子是根据公司方针拍的喜剧大片，用了许多当时的明星，我也特别卖力。工作人员中的笑料作者詹姆斯·槙，就是我。本来是我、伏见、池田和北村小松等人共同使用的虚构笔名，但名字决定后他们都不用，最后变成小津专用。

《大小姐》（松竹蒲田·昭和五年），原作/改编：北村小松，笑料作者：伏见晁、詹姆斯·槙、池田忠雄，摄影：茂原英雄，主演：栗岛澄子、冈田时彦、斋藤达雄、田中绢代、冈田宗太郎、大国大郎、山本冬乡、小仓繁、龙田静枝、毛利辉夫、浪花友子、横尾泥海男、光喜三子。

淑女与髯

冈田演得非常好，而且有趣。虽然八天就拍摄完成，影评却比我更卖力的《大小姐》好，电影真是不可思议的东西。

《淑女与髯》（松竹蒲田 · 昭和六年），原作 / 改编：北村小松，笑料作者：詹姆斯 · 槙，摄影：茂原英雄，主演：冈田时彦、川崎弘子、饭田蝶子、斋藤达雄、坂本武、伊达里子。

美人哀愁

这是我想改变荒诞方向，兴致勃勃转向写实主义的拙作，结果拍得冗长松散。我拍得很认真却失败了，反而是轻松拍的《淑女与髯》成绩较好，真是情何以堪……我变得不懂电影了，但心里还是知道不能在这里陷下去。

《美人哀愁》（松竹蒲田·昭和六年），改编 / 润色：池田忠雄，摄影：茂原英雄，主演：冈田时彦、斋藤达雄、井上雪子、冈田宗太郎、吉川满子、若水照子。

东京合唱

因为前部作品失败，意兴阑珊，这部片子拍得很从容。拍摄时间是在夏天，但是天气晴朗的日子也不出外景，因为太热。当时，我不知道电影该怎么拍才好，感觉导演终究不是名留后世的工作，甚至觉得电影是无聊之物。不过，现在反而觉得当时消失的是电影对我的吸引力……

《东京合唱》（松竹蒲田 · 昭和六年），原作：北村小松，改编：野田高梧，摄影：茂原英雄，主演：冈田时彦、八云惠美子、斋藤达雄、饭田蝶子、坂本武、菅原秀雄、山口勇。

春随妇人来

这也是我怀疑电影时期拍的作品，详细内容已经忘记。大概从《淑女与髯》开始，我是写好分镜头剧本再拍的。这样令人安心，但结果都一样，反而是没有分镜头剧本拍的，可以预判接下来的镜头。

《春随妇人来》（松竹蒲田·昭和七年），原作：詹姆斯·槙，改编：池田忠雄、柳井隆雄，摄影：茂原英雄，主演：城多二郎、井上雪子、斋藤达雄、坂本武。

我出生了，但……

这是出于想拍一部儿童电影的心情而产生的作品，从小孩开始到终于成人的故事……起初应该是比较明朗的，但在拍摄途中改变了。拍完以后变得非常阴郁，公司也没有想到会是这么阴郁的故事，搁置两个多月才推出。在这部电影里，我首次有意识地不使用淡入淡出等技术，直接以切镜头作结束。在这以后，我也确实没再使用。大体上，我不认为重叠、淡入、淡出这些是电影的文法，应是摄影机的属性。

《我出生了，但……》（松竹蒲田·昭和七年），原作：詹姆斯·槙，改编：伏见晁，摄影：茂原英雄，主演：斋藤达雄、菅原秀雄、突贯小僧、小藤田正一。

青春之梦今何在

拍摄《我出生了，但……》途中，童星受伤，于是半路转拍这部片子，有点像《忠直卿行状记》[①]的肤浅故事。

想想看，当时我一年要拍四五部的大片，但并不怎么忙碌，现在即使一年只拍一部，也没有那样悠闲。

《青春之梦今何在》（松竹蒲田·昭和七年），原作/改编：野田高梧，摄影：茂原英雄，主演：江川宇礼雄、武田春郎、水岛亮太郎、田中绢代、斋藤达雄、饭田蝶子、大山健二、笠智众、葛城文子、伊达里子。

何日再逢君

这部电影首次起用冈田嘉子，我觉得她相当好。这是我第一部配有音乐及音响的电影。蒲田制片厂在昭和六年拍摄有声片《夫人与老婆》后，新片渐渐都改为有声电影，但我因为个人问题，一直坚持默片。摄影师茂原君也在研究自己的有声电影技术，我答应他，如果研究成功，我就用，因此我一直没用蒲田使用的土桥式有声技术。

《何日再逢君》（松竹蒲田·昭和七年），剧本：野田高梧，摄影：茂原英雄，主演：冈田嘉子、冈让二、奈良真养、川崎弘子、饭田蝶子、伊达里子。

①菊池宽的小说，描述德川家康孙子松平忠直的荒淫残暴。

东京之女

这是部匆忙之作，拍摄期大约八天，剧本还没写好就开拍了。描写一个白天在公司上班、晚上到奇怪酒吧工作的女人。实际上是大家看到这种女人的舞蹈后想出的故事。原作者的名字是虚构的，是部小巧完整的片子，画面的位置等也是从这时固定的。

《东京之女》（松竹蒲田·昭和八年），原作：恩斯特·施瓦茨，改编：野田高梧、池田忠雄，摄影：茂原英雄，主演：冈田嘉子、江川宇礼雄、田中绢代、奈良真养。

非常线之女

从《开心地走吧》以后，我开始拍流氓的故事。这部片子属于剧情片。

《非常线之女》（松竹蒲田·昭和八年），原作：詹姆斯·槙，改编：池田忠雄，摄影：茂原英雄，主演：冈让二、田中绢代、三井秀男、水久保澄子、逢初梦子、加贺晃二、高山义郎、南条康雄。

心血来潮

我在深川长大，那时出入我们家的有个非常闲散的好人，大概就是喜八的原型。池田住在御徒町，也见过那样的人，于是我们一起创造出这个人物。这部电影中有一幕，因为父亲逗留风月场所，孩子在学校被嘲弄，气得回家拧下父亲的盆栽叶子。从女人那里开开心心回到家的父亲一巴掌打倒孩子，孩子也回手打父亲，这时父亲忽然缩成一团，孩子看了也停手放声大哭……这部分如果有拷贝，我很想再看一次。

《心血来潮》(松竹蒲田·昭和八年),原作:詹姆斯·槙,改编:池田忠雄,摄影：杉本正二郎，主演：坂本武、青木富夫、伏见信子、饭田蝶子。

我们要爱母亲

这是一部剧本结构不够紧凑的片子。情节以一个大家族的没落为主，放到现在还可以，但在当时只有这点剧情是不值一提的，变成了因同父异母而陷入异常处境的兄弟的故事，结果变得有点冗长。但这部片子我记得很清楚，因为在拍片时我父亲过世了。

《我们要爱母亲》(松竹蒲田·昭和九年)，结构：野田高梧，改编：池田忠雄，改编助理：荒田正男，摄影：青木勇，主演：岩田祐吉、吉川满子、大日向传、三井秀男、奈良真养、光川京子、笠智众、松井润子、逢初梦子。

浮草物语

这是比较好的作品。虽然有人称这是“喜八片”，但并非一个系列，只是喜八总是同样性格的人……当时其他人都在拍有声片，只有我坚持默片。虽然昭和七年至昭和九年都获选为电影旬报十佳奖最佳电影，但昭和十年终究不行了。

《浮草物语》（松竹蒲田·昭和九年），原作/改编：池田忠雄，摄影：茂原英雄，主演：坂本武、饭田蝶子、三井秀男、八云理惠子、坪内美子、谷丽光、突贯小僧、山田长正。

温室姑娘

本来想拍一个“温室姑娘”系列，结果一部就结束了。这是一月新春档期要上的片子，预定十二月三十日杀青，但因摄影机故障延期，除夕晚上通宵赶拍，元旦早上才完成。我还记得大家满脸胡茬，吃年糕汤庆祝的情景。

《温室姑娘》（松竹蒲田·昭和十年），原作：式亭三石，改编：野田高梧、池田忠雄，摄影：茂原英雄，主演：饭田蝶子、田中绢代、坂本武、突贯小僧、竹内良一、青野清、吉川满子、县秀介、大山健二。

东京之宿

当时，我正在拍的不是剧情片，而是第六代[①] 的《镜狮子》，是纪录片。由于默片已无法完全呈现当时的社会情势，这部电影虽然还是默片，但已不得不采用有声电影的手法。例如两个

---

①第六代尾上菊五郎（1885－1949），日本著名歌舞伎演员。

人对话的场面，把说话者A的台词插入聆听者B的特写画面中。

《东京之宿》（松竹蒲田·昭和十年），剧本：荒田正男、池田忠雄，摄影：茂原英雄，主演：坂本武、突贯小僧、末松孝行、冈田嘉子、小岛和子、饭田蝶子。

大学是个好地方

这部片子讲述了一个大学生的租屋生活，并不快乐的学生生活。是有点阴郁的故事。

《大学是个好地方》（松竹蒲田·昭和十一年），原作：詹姆斯·槙，改编：荒田正男，摄影：茂原英雄，主演：近卫敏明、笠智众、小林十九二、大山健二、池田鹤彦、日下部章、高杉早苗、斋藤达雄、饭田蝶子、出云八重子、坂本武、爆弹小僧。

独生子

这是我的第一部有声电影。是把之前写的剧本《东京是个好地方》（拍摄不久后即停拍，是什么原因停拍的来着？）重新改成有声电影版。

记录上这是大船制片厂的作品，事实上是在蒲田制片厂拍摄的。当时制片厂已全部迁到大船，但是大船并不采用茂原式的有声电影摄影技术，因此我们在蒲田的空摄影棚内拍摄。电车声音很吵，白天不能拍戏，都在半夜十二点到凌晨五点之间拍摄，每晚只拍五场戏。拍得很快乐。由于无法排除骨子里的默片精神，我有点彷徨。虽然知道默片和有声电影完全不同，最后还是拍成了默片式的有声电影。当时真的很彷徨，自己都觉得比别人晚了四五年，有点迟了。现在回头看，又觉得当初拍默片撑到底，很有益处。

《独生子》(松竹蒲田·昭和十一年)，原作：詹姆斯·槙，改编：池田忠雄、荒田正男，摄影：杉本正二郎，录音：茂原英雄（SMS 系统），主演：饭田蝶子、日守新一、叶山正雄、坪内美子、笠智众、浪花友子、吉川满子、突贯小僧。

淑女忘记了什么

这部作品的特征，是舞台背景从以前常拍的低地旧市区移往高地的新兴住宅区。当时，我家也从深川搬到高轮南町。虽然不是这个原因，但感觉有关新兴住宅区的电影比较少，所以想拍。即使现在，以旧市区和郊外为舞台的作品依然很多，描写新兴住宅区的很少。

这部片子以后，我写了《父亲在世时》的剧本就从军了。对了，在那之前，我还写了内田吐梦的《无止境的前进》。原名是《快哉保吉君》，打算自己来拍。跟公司谈过，但我前面的电影都不卖座，所以没被采纳。我跟内田谈起这事，他说他来拍，公司也答应了。但内田拍出来的和我原先的构想相差很多。我的是部喜剧，没有那么深刻。是说一个连续工作三十年的男人，有一天忽然对自己产生了疑问，想做自己一直想做的事。于是装疯卖傻、做了一天威风八面的董事。有人可惜他难得的工作绩效化为泡影，但他自己认为这装疯的一天比过去三十年的任何一天都要快乐有趣。从那以后，公司里也开始流行装疯卖傻。内田把它拍成特定人物的故事，跟我的构想很不同吧？如果有机会，我想以原来的形式重拍一次。

我从军两年，昭和十四年回来后，写了《茶泡饭之味》。不是写战后的故事，而是准备上战场的男人，在出发前夕和太太细细品尝茶泡饭的故事。可是这个剧本被上面卡住了。他们说，出发前夕该吃红豆饭，却吃茶泡饭，这算什么？不正经。我也想过，如果能重写就重写，但这样就不成故事了，只好作罢。

《淑女忘记了什么》（松竹大船·昭和十二年），剧本：伏见晁、詹姆斯·槙，摄影：茂原英雄，主演：斋藤达雄、栗岛澄子、桑野通子、佐野周二、坂本武、饭田蝶子、吉川满子、叶山正雄、突贯小僧、出云八重子、上原谦。

户田家兄妹

这部电影的家庭气氛类似《茶泡饭之味》，因此我谨慎地以母爱为中心。拍得很急促，说今天不完成就赶不及上映，只剩两个小时，没办法，只好都以远景处理。我很介意，但画面上看不出来。要说无关票房成绩又拍得愉快的电影，《户田家》算是我喜欢的作品。佐分利信和高峰三枝子是第一次起用，在当时算是华丽的明星阵容。大概是这个缘故，打破了小津作品不卖座的定论，非常火爆。观众好不容易愿意进场看我，是因为什么呢?

《户田家兄妹》(松竹大船·昭和十六年)，剧本：池田忠雄、小津安二郎，摄影：厚田雄春，主演：佐分利信、高峰三枝子、桑野通子、葛城文子、三宅邦子、斋藤达雄、吉川满子、坪内美子、笠智众、近卫敏明、藤野秀夫。

父亲在世时

我觉得笠智众演完《独生子》的炸猪排店老板后，演技变得很好，也想看看那个演儿子的津田少年现在怎么样了。这部电影改写自以前的剧本。电影这东西是随着时间愈趋细腻，以前写的剧本不能直接拿来使用，所以我一改再改，希望在这一点上也有进步。

在这之后，我写下《遥远的父母之邦》剧本后到南方去，[①]昭和二十一年初才回来。虽然留下《遥远的……》剧本，但中间经历一场火灾，已不知下落。这部片子是佐野和笠智众的军中故事，我觉得拍出来会是有趣的电影，但是军方的想法好像不同……说应该拍更英勇一点的故事。于是我放弃了。

近来我的作品极少，但只要在国内，还是保持了一年一部，

① 1943 年 6 月，小津安二郎被召集前往新加坡，日本战败后于 1946 年回国。

如果没有战争的话，最少会增加七部。

《父亲在世时》（松竹大船·昭和十七年），剧本：小津安二郎、池田忠雄、柳井隆雄，摄影：厚田雄春，主演：笠智众、佐野周二、坂本武、水户光子、西村青儿、佐分利信、日守信一、奈良真养、文谷千代子。

长屋绅士录

我刚回来还没恢复体力，公司就催我快点拍戏。花了十二天写好剧本。我都写得这么快吗？不是，也就这么一次，此后再也没有这么快过。我在新加坡时，看了这辈子最多的外国电影，因此有人认为我会有些改变，可是《长屋绅士录》的风格和以前丝毫无异。好一个顽固的家伙。

《长屋绅士录》（松竹大船·昭和二十二年），剧本：池田忠雄、小津安二郎，摄影：厚田雄春，主演：饭田蝶子、青木富广、河村黎吉、笠智众、坂本武、吉川满子、小泽荣太郎。

风中的母鸡

在《长屋》之后，我还写了《月升中天》，因为种种缘故，直到现在还无法拍摄。那个剧本大概也作废了。

难免有失败之作，如果是于己有益的失败也不错。但是这部《母鸡》实在不是好的失败作品。

《风中的母鸡》（松竹大船·昭和二十三年），剧本：斋藤良辅、小津安二郎，摄影：厚田雄春，主演：佐野周二、田中绢代、三宅邦子、笠智众、村田知英子、文谷千代子、东野英治郎、清水一郎、三井弘次。

晚春

自《温室姑娘》以后，和睽违许久的野田再度共事。导演与编剧一起工作时，如果脾性不同，通常不会顺利。如果一个早睡早起，另一个是晚睡晚起，工作不但不能取得平衡，反而更累。在这方面，野田、斋藤良辅和我不论喝酒还是作息时间，都配合得很好。这点非常重要。我和野田共同撰写剧本的时候，当然也一起想台词。虽然没讨论场景的细节和服装，但各自脑中的印象却能一致，绝对不会话不投机。就连台词的语尾是用“哇”还是“哟”都能契合，实在不可思议。有一次我跟里见弴说起这事，他说法国的龚古尔兄弟写小说时也是这样吧。当然，我们也有意见不同的时候，因为都顽固，很难妥协。

《晚春》（松竹大船·昭和二十四年），原作：广津和郎，改编：野田高梧、小津安二郎，摄影：厚田雄春，主演：笠智众、原节子、杉村春子、宇佐美淳、三宅邦子、月丘梦路、三岛雅夫、坪内美子、桂木洋子。

宗方姊妹

大佛次郎先生常说“这是你们的《宗方姊妹》”。剧本写得特别轻松，第一次在新东宝拍戏，以前的朋友鼎力相助，非常愉快。但老实说，原作很不好拍，因为要在现有的明星身上呈现原作者依自己幻想而写的角色，非常困难。

通常我在写剧本时，都会依据要演这个角色的演员的戏路和性格而写，这样演员也轻松。以前要费心地起用新人，现在只想好好用那些好演员，已没有为毫无才能之人费心的力气。只要演员好就好，胜过结果好坏。一点点好就自以为很好是最麻烦的。只要是好演员，我总是想在下部电影中再用，即便是勉强制造一个角色。

《宗方姊妹》（新东宝·昭和二十五年），原作：大佛次郎，改编：野田高梧、小津安二郎，摄影：小原让治，主演：田中绢代、高峰秀子、上原谦、山村聪、堀雄二、高杉早苗。

麦秋

我拍这部片子，是想拍出比故事本身更深一层的“轮回”或“无常”。这是目前为止最辛苦的一次。片中的小孩蛮不讲理。虽然脾气坏，但世代不同，那个小孩长大后应该会有相当的改变。因此也不完全排除戏剧感，作了留白，我想这个留白会让人回味不已。这种感觉，懂的人应该知道……

原节子是好演员，如果再有四五位这样的演员，那就太好了。

《麦秋》（松竹大船·昭和二十六年），剧本：野田高梧、小津安二郎，摄影：厚田雄春，主演：原节子、菅井一郎、东山千荣子、笠智众、三宅邦子、二本柳宽、淡岛千景、井川邦子、杉村春子。

茶泡饭之味

这是在战争中写的剧本，因为当时的审片制度而束之高阁，又觉得搁着不用很可惜，于是重新改写。原来的剧本中，主角是要上战场，但因为时代改变，改为他去南美，戏剧的张力因此减弱也是事实。但我只是想拍女人眼中的男人，除了相貌、有趣之外的男人本身的优点。可惜不是成功的作品。

《茶泡饭之味》（松竹大船·昭和二十七年），剧本：野田高梧、小津安二郎，摄影：厚田雄春，主演：佐分利信、木暮实千代、鹤田浩二。

东京物语

我试着通过父母与孩子的成长，描写日本的家族制度如何崩溃。这是我作品中最接近通俗剧倾向的一部。

《东京物语》（松竹大船·昭和二十八年），剧本：野田高梧、小津安二郎，摄影：厚田雄春，主演：笠智众、原节子、东山千荣子。

早春

这是我很久没拍的上班族电影，想描写上班族的生活。大学毕业初出社会时的喜悦，就业时的希望渐渐消失，努力工作三十年后也没有像样的成就……我想从世代的变化来捕捉上班族的生活，拍出上班族的悲哀。这是我战后作品中最长的一部，但我刻意避开戏剧性，重复堆积不怎么起眼的场景，看完以后却能感受到上班族生活的悲哀。

《早春》（松竹大船·昭和三十一年），剧本：野田高梧、小津安二郎，摄影：厚田雄春，主演：池部良、岸惠子、淡岛千景、高桥贞二。

东京暮色

有人说这是描写年轻女孩放荡不羁生活的作品，但我的重点毋宁是在笠智众的人生——老婆跑掉的男人如何生活下去。以上一代人为主，年轻一代只是陪衬的角色。但一般人的眼光似乎只看到装饰的部分。

《东京暮色》（松竹大船·昭和三十二年），剧本：野田高梧、小津安二郎，摄影：厚田雄春，主演：有马稻子、山田五十铃、原节子、笠智众。

彼岸花

这是我的第一部彩色电影，用了山本富士子，所以想拍部华丽的喜剧片。本来并不打算拍彩色片，但公司方面说，特地请来了山本小姐，要拍彩色片，我只好从善如流。

《彼岸花》（松竹大船·昭和三十三年），原作：里见弴，改编：野田高梧、小津安二郎，摄影：厚田雄春，主演：佐分利信、田中绢代、山本富士子、有马稻子。

早安

这个故事是很久以前开始酝酿的。人这种动物总是平常闲话说得热络，一旦要谈正事，就怎么都话不投机。我想拍一部这样的电影试试。然而真要拍摄时却备感棘手。我去导演协会谈起这个故事，大家都说有趣，我说谁想要就让给谁，但是没人伸手要拍，只好我自己来。当然，原来构思的故事更艰涩，但我年纪也大了，也会考虑票房，所以尽量拍成能让观众轻松发笑的电影。其实，说是顾虑票房，不如说是希望更多人来看。

《早安》（松竹大船·昭和三十四年），剧本：野田高梧、小津安二郎，摄影：厚田雄春，主演：笠智众、三宅邦子、久我美子、佐田启二。

浮草

沟口健二先生生前曾跟我说，帮我们大映拍部片子吧。后来，永田雅一先生也屡屡拜托。但是我和松竹有一年一部戏的合约。通常拍完一部戏，一年时间也过得差不多了。幸好，今年的《早安》提前完成，有时间再帮大映拍一部电影，终于实践多年来的承诺。

我在默片时代曾经拍过这个故事，想在北陆的雪地中重拍一次，于是写了《蹩脚演员》的剧本，打算在松竹拍。可是那一年下雪很少，无论到高田还是佐渡，都无法实现我要的画面，只好暂时中止。现在重新改变季节和舞台，拿到大映拍摄。

主题也是人生无常之类的老派故事，时代虽然是现代，但带有明治时代的古风。弄成明治风格似乎不错，但也没有是明治风格的必然性。而且要回溯过去，在时代考证等方面相当费事。结果变成古事今说的形式。摄影师宫川一夫煞费苦心，我这个时候也终于了解彩色电影，不同的颜色需有不同的光量。眼睛看到的颜色和底片映出来的颜色不同，因此要拍出两个颜色的对比时，如果施以等量的光，有一方必定不行。这种时候要给其中一方投阴影，来抑制色彩。我拍这部片子后才知道。

另外，Cinemascope 宽银幕技术电影也渐渐普及。我完全无意拍摄大型电影，但为了对抗这个趋势，还是下意识地逐渐改变表现手法。当然不是遽然改变，而是一点一点在不知不觉间改变。例如，特写镜头变多，场景更细腻。我最近的电影好像是日本电影中镜头数量最多的。

《浮草物语》（大映东京·昭和三十四年），剧本：野田高梧、小津安二郎，摄影：宫川一夫，主演：中村雁治郎、若尾文子、京町子、川口浩。

秋日和

社会常常把很简单的事情搅在一起，使之变得复杂。虽然看似复杂，但人生的本质其实很单纯。这次的作品就是着眼这点而拍。这是很早以前开始构思并逐步写成的。以感情表现一个戏剧很容易，哭哭笑笑就能将悲喜之情传达给观众。但这只是说明而已，再怎么诉诸感情，也无法展现角色的性格和风格。必须拿掉全部的戏剧性，以悲而不泣的风格表演。我不描写起伏的戏剧性，只想让观众感受人生，试着全面性地拍这样的戏。在拍《户田家兄妹》时就有这个想法，也是很难的方法。这次总算做出来了，但还不够彻底。

《秋日和》（松竹大船·昭和三十五年），原作：里见弴，改编：野田高梧、小津安二郎，摄影：厚田雄春，主演：原节子、司叶子、冈田茉莉子。

小早川家之秋

野田高梧的叙述：小津君在蓼科日记中这样记着，“自昭和三十六年二月上旬，蜗居蓼科，构思《小早川家之秋》剧本。乍晴乍阴，日趋春暖。比诸常时，客人较少，不至酩酊高唱乱舞。故工作大有进展，四月二十一日完稿。”这是东宝宝冢的作品，摄影是中井朝一。剧组全部是东宝公司的人，我们没从大船带一个人过去，大家都非常认真，真高兴。故事灵感来自一个常去蓼科温泉玩的女孩的父亲忽然心肌梗塞倒下，在儿女们紧张的守候下，一夜过后安然痊愈的真人真事。

《小早川家之秋》（宝冢映画 · 昭和三十六年），剧本：野田高梧、小津安二郎，摄影：中井朝一，主演：中村雁治郎、原节子、新珠三千代、司叶子。

秋刀鱼之味

野田高梧的叙述：在宝冢拍摄《小早川家之秋》时，松竹方面不停催促尽快决定下部作品的片名，虽然暂时定为《秋刀鱼之味》，其实毫无腹稿，只是肯定不会让秋刀鱼出现在画面上，而是一种整体的感觉。终于要写剧本时，业界开了一个五社长会议，规定以后不能借用其他公司的演员，只能用大船的人和自由演员，但最后仍从东宝借到了加东大介。撰写剧本时，小津君的母亲过世，他送葬后回蓼科时的日记中写着，“山下已是春光烂漫，樱花缭乱，散漫的我却在此处为《秋刀鱼之味》烦恼。樱如虚无僧，令人忧郁，酒如胡黄连，入肠是苦。”

《秋刀鱼之味》（松竹大船·昭和三十七年），剧本：野田高梧、小津安二郎，摄影：厚田雄春，主演：笠智众、岩下志麻、佐田启二、冈田茉莉子。

（《电影旬报别册 小津安二郎 人与艺术》，一九六四年二月号增刊）

第六章
蓼科日记抄

编者按：昭和二十九年夏天，小津安二郎跟随野田高梧夫妇，来到野田在蓼科高原的别墅云呼庄。

“来访者，请务必留下只言片语。”来到别墅的人，会被要求写下来访日记。截至昭和四十三年九月野田去世之时，共有十八卷，数量庞大。从《东京暮色》一直到最后的作品《秋刀鱼之味》，所有剧本（《彼岸花》除外）都是小津与野田两人在蓼科高原完成。《蓼科日记抄》是《蓼科日记》的精编版，本书摘录《蓼科日记抄》中小津所写的部分。

昭和二十九年八月十八日（星期三）

列车驶过韮崎，开始吹起高原的风。

前方座位坐着西方人，我不时感到寒意。日野春附近，啤酒花开得茂盛，繁花点点。近日无雨之故，驶过茅野时，车内沙尘笼罩，客人大抵以手帕掩口。

因有台风侵袭九州的警报，大概是人人急于回家，终点站好不热闹。初访此地，惊讶于蓼科高原的喧闹。晚餐过后，略有降雨之意。云层低垂，寝待月[①]虽出，远处却朦胧一片。意境极佳，一洗连日风尘。

在酷暑的东京焦灼、殚精竭虑的俗人如我，实在是可悲、可笑。

㊕

八月十九日

一同去了上诹访，本欲购物，因台风渐近，云的形态颇为怪异，便延迟至明日。兜售东西的婆子柳泽[②]过来，畅叙久阔之情，买了她的蔬菜、年糕等。

上午散步，登上电电公社[③]之丘，顺路去了邮局，吃了冰激凌，踏上归途。正午过后，开始下雨。游弋于华胥之梦[④]。

清君[⑤]前来。托其带培根、香肠。清君问及香肠多长，我张开双手至肩宽，粗细则用双手手指比圈。道镜[⑥]或也会为之惊叹，

---

①意为躺着等待迟迟未出现的月亮，特指阳历十九日夜晚的月亮。

②柳泽为居住于蓼科山麓的汤川的农妇，即后文的“美纪女士”，行走贩卖自家的蔬菜、腌制物、年糕等。——原注

③日本电信电话公社。

④本指黄帝梦游华胥国，而后天下大治的传说，此处指午后酣睡。

⑤指柳泽清，蓼科最有名的大力士。是后文出现的两角利一（又名利市）的胞弟，与利一同在蓼科山庄负责房屋施工、管理和杂务等，受到重用。——原注

⑥奈良时期的僧侣。传闻其依靠自身魅力受女皇宠幸，坊间流传“道镜巨根说”。

便说“这可堪比马了”。清愤愤然说“是猪”。

晚餐时将昨日之酒饮尽。熄灯、开门，唱流行歌。喀秋莎、千叶心中、活尸、不如归……往日记忆忽地复苏。近十二点上床，雨未停。

Ame 君[①] 终日勤勉，奋笔疾书，连说“啊，不妙”。

㊦

八月二十日（星期五）多云转晴

尚未闻杜鹃。

杜鹃裂帛般的啼声——头顶秃否，似也有顾虑小生我之意。叫吧、叫吧。我可从早到晚都在用重度脱发患者专用的加美素[②]，不必担心。

㊦

八月二十一日（星期六）

茅野大津的精酿酒“钻菊”真是芳香醇厚，实为天然美酒。略带乡野气息的口感，一杯即羽化登仙，两杯、三杯则欲深酌高唱。这日便在酒醉酣睡之中迎来了晨曦。

---

①指江原望，东京大学理学部副教授（当时为教授助理），与平林干哉同为当时乘坐横须贺线上下班的年轻人团体（横须贺会）的带头人。——原注

②杜鹃的叫声与日语“头顶秃了吗”发音相似。“加美素”是当时著名生发产品。

醒后倍感凉爽。

高原的夏日，行将终了。

㊕

八月二十三日（星期一）

上午有电报从东京发来，通知儿井英生[1]将与日活制片厂厂长山崎一同来汇报之事。电报收信人写着小津薄次郎[2]。连电电公社都知道我头发稀疏了吗。苦笑。

四时过后，儿井、山崎和两名司机自东京驾车而来。一同吃了猪肉、豆腐、鸡汤、鲑鱼罐头、大蒜、柠檬、油豆腐等杂烩火锅。一行人于十点半左右回去，投宿于泷之汤。据称明日一早返京。

儿井、山崎若来此地，必带伴手礼来。空也的最中饼、鲋佐的佃煮、森半的海苔、B&W 等，都让人垂涎三尺、浮想联翩，不想二人竟厚着脸皮空手而来，让人不悦，真是可笑。于是让其返京时将上述物品寄来，并让他们在日活开个账户，费用暂时由江守常务垫付——如此交代完才放他们回去。哈哈。

㊕

---

①制片人。——原注

②电报误将收信人名中"安"字错打为"薄"。"薄"在日语中用以形容头发稀疏。

八月二十五日

于上诹访古道具店铺购得壶三只，并让其送至镰仓。三只均是上等佳品。

上诹访古道具店前的挂钟，让人倍感秋日已至。

秋草色深蜻蜓舞。山中客渐疏，炎炎秋日当头照。效颦奥黛丽 · 赫本的姑娘与 Polo 衫青年，今夏的恋情，也将终焉。

㊛

八月二十六日

收到儿井英生的电报，告知我托他买的东西已经由火车寄送至茅野站。领取一事已拜托一久商店。

今日的确凉爽，约是东京十月上旬的气候。Ame 君终日不知疲倦地与书桌为伍，小生我却成天沉湎于枕头间。晚餐的圆形酱萝卜，是 Ame 君斜切的。应当是用了欧几里得几何学，大到无法一口吃下。真可谓是学究的无用功，学识亦然，过犹不及。呜呼。

八月二十七日

登上信州大学的山丘远眺，视野绝佳。

山紫阁的浴场上，村中小童喧闹着携救生圈入浴池游泳，实在叫人头疼。

问其来自何方，答曰甲府，果然山猿[①]也。汝等他日将战死于天目山顶。[②]

夜里，工作大幅推进，一鼓作气推进了约停留茅崎时三个月的分量。果然是若有意则能成。反复告诉自己，务必完成，不可入寐，的确是有意才能成。记录于此，他日以此为戒。哈哈。

八月二十八日（星期六）

儿井、牛原[③]、渡边[④]三位因《月升中天》前来商谈。以公司三明治和白马威士忌招待。三人乘坐两点二十分的巴士踉跄而归。

午睡。醒来时，暮色正浓。用七轮炉子生火，棕色的生火团扇呼呼地煽火。想来可真是忙碌啊。

花柳德助[⑤]将屋顶换成了镀锌钢板，反光强烈，实在有损景致。手执舞扇为生之人，怎会如此不解风情。

德助不如福助[⑥]，袜子还是福助最佳。

---

①对住在深山里的人和乡下人的戏谑。

②天目山位于甲府。1582 年，织田信长征伐甲州大名武田氏，武田胜赖战败，自绝于天目山。

③牛原虚彦，电影导演。——原注。

④渡边邦男，电影导演。——原注。

⑤日本舞蹈家。

⑥著名的袜子品牌。

八月二十九日（星期日）

今日，于一久商店购得诹访之酒——金凤真澄。似滩[1]的清酒味道高雅，但像已熟悉都市的乡下姑娘，略带自命不凡之感，不及钻菊的粗野气息。

作品日渐成形。（名字暂定为《早春》。）

卖鸡的老妇有一个儿子，以租马为生，她盛情邀我骑马。我曾被马跟回家里[2]，却不曾真正骑过马。想着凡事皆体验，况且这马圆润肥壮，晃晃悠悠地在山间行走，也别有一番趣味。真是鞍上有人，鞍下有马啊。[3]

八月三十日

月森[4]、山内[5]来了。畅谈数刻钟，浅酌高唱。子曰："觚不觚。觚哉！觚哉！"着实如此。来蓼科以来，还不曾过度饮酒。酒实在是百药之长。

---

①神户地区盛产酒的名地。

②指未付费用，被店里的人跟回家要钱。

③古人将人骑马飞驰、形如一体的样子形容为"鞍上无人、鞍下无马"，此处为自嘲。

④月森仙之助，当时为松竹大船制片厂厂长。——原注

⑤山内静夫，当时为大船制片人。——原注

八月三十一日

一整日，饮酒听雨声，恍恍惚惚。

雾未散、雨不止，暇日闲谈，亦不知休。

九月一日

下午四点过后，雨止。雾渐散，薄日烘云影，不久后雨又继续下起来。大船来电报，六日将有导演聚会。回复曰出席。

Ame 君教众人打桥牌，可规则繁琐，难以忍耐。睡魔忽然袭来，即刻昏睡过去。醒来后，众人仍在放声高歌，高梧大人反复练习《艺者华尔兹》。据小生我听来，《艺者华尔兹》当属泽村勉[①] 唱得最好。勉君一旦开唱，便兴致高昂，歌声袅袅，延绵无尽。但若是上了《一展歌喉》，管钟响一声就够了。[②]

戏作一曲云呼庄小曲。

一、

雨降蓼科日

微薄寒气侵

①剧作家。

②《一展歌喉》是日本 NHK 举办的歌唱比赛节目，演唱合格时，会响起 11 个音的管钟旋律，反之则响起 1 个音或 2 个音的管钟声。

蜷足而昼寐

欲食咚加滋[①]

怀念蓬莱屋[②]

二、

雨降蓼科

终日眠

酒足饭饱睡无度

鳗鱼鳗鱼真想吃

怀念尾花[③]的烤鳗鱼

三、

鳗子咚子[④]来枕边

撩起鬓发

哀怜怀念

梦醒君别

恨此午眠

胃袋散人戏作

①咚加滋为音译，即炸猪排之意。

②蓬莱屋为炸猪排的名店。

③尾花为烤鳗鱼的名店。

④将鳗鱼与猪排喻为姑娘。

九月二日

明日早晨将离开蓼科，故作长歌一首。

来蓼科十有六日。

雾聚雾散，云涌云消。

眷恋生岛的江岛墓地①，小雨淅淅，秋已萧萧至。

心系都城，心神不宁，纵使明日露沾衣，欲归去。

回忆历历在目，信浓边云呼庄。

反歌②

蓼科浑圆肥硕之赁马

秋风拂腹而过

昭和三十一年六月二十三日

六时三十分自北镰仓出发，八时十分至新宿，高松女士③同车至立川。是日星期六，车厢混杂。雨甚大。两点抵达蓼科。甚凉爽。

---

①德川幕府时代，大奥的侍女江岛因迷恋歌舞伎演员生岛新五郎，错过大奥的门禁时间，而被流放。

②反歌，续在长歌后的歌，其体裁为短歌或旋头歌。

③即高松繁子，文艺春秋编辑。——原注

六月二十六日

二十四日、二十五日、二十六日，每日早起，未午睡，酒也适量，成绩甚好。若继续这般商谈工作，成绩也会越来越优异吧……可不能这样自夸。

闻杜鹃啼鸣，仿佛在说“小极了，老二”。战后世风日下，都波及了禽兽，真让人忧虑。还未听过大象的叫声，肯定是在咆哮“好大啊，大兄弟”之类的吧。

や

六月二十八日（星期四）

二十七日、二十八日，阴转雨，后又放晴，夕阳映照。居于高原，日日皆好景。还未到高原观光时节，女学生、妇人会、农闲的男女老少，三三五五，或成一队，点缀在白桦林的那一边。早晨饮酒一合五勺，傍晚饮酒两合，每日在高原快意而过。工作之事久久未有头绪，这样那样，也无从比较啊。

や

六月二十九日

乍霁乍阴。一日终焉。

子规啼不住，信浓山又明。

赤松林外
夕阳斜
青山顶上
红云涌
客至山中
小径隐
信浓深处
蓼科现
子规啼鸣传林里
八峰隐入
白云间
今日闲散
石径、马粪
牛虻忙

啊，堀口大学[1]哟
你会说
蓼科黄昏甚美
日暮不过片刻

①诗人，曾撰写诗歌《黄昏正好时》。

便将迎来黑夜

你身着和服

系腰带

持洋伞

乘坐横须贺线二等座时

此处

秧鸡啼不住

致堀口大学先生

扇谷[1]的老师

在青色草坪旁

红色西红柿与凉拌豆腐

市兵卫酒还没热好吗

扇谷的老师

暂时放下象牙筷子

螃蟹壳里的酒

比市兵卫的温酒稍烫

扇谷的老师

这次想喝轩尼诗啊

①镰仓地名。

一点一点饮下市兵卫

月从山间出

致里见弴老师

醉余技痒，咏歌如上。

六月三十日

六月于今宵终了。

一整日一整夜，雨无声而落，时而能听到雨水滴答作响。

利一君为我熨烫衬衣。他曾在海军任勤务兵，手艺极好。

二时午休，三时食长崎蛋糕。

四时入浴，六时三十分晚餐，九时就寝，慎重得就像轻井泽的鸠山君[①]。

工作的事在晚餐后稍稍提起，旋即消失。妖怪与工作甚相似。

七月一日

山庄日记：

山中无历日，日日是好日。

现蓼科日记已至第三卷，真是“任乌飞兔走匆匆”。

---

①指居住于轻井泽别墅的鸠山一郎首相。

夏季时日如雾气散去，稍纵即逝。

深雪堆积，冬日绵长。

时光如流，着实有趣。

七月二日（星期一）晴

雨霁。

打开玻璃移门，坐在廊上。

这里是何地？

啊，这里是蓼科。

海拔一千五百米。

因为气压的缘故，

我的脑袋成了螺丝松动的时钟。

や

七月三日（星期二）晴

喝着喝着，便喝过度了。

吃着吃着，便吃过头了。

仲尼的中庸之道难于上青天。

吾五十有余，仍然有惑。

や

七月四日

里见弴老师再次来信。回信。

白扇[1] 朝臣每日所咏和歌三首

北镰仓右大臣

嗯，就是，那个，就是、就是，怎么说来着，那个

就是、就是，怎么说来着啊

就是，那个，就是、就是，嗯，怎么说来着，就是、就是

那个，怎么说来着啊，就是、就是、就是，嗯，就是、就是

怎么说来着，怎么说来着啊，怎么说来着，就是

七月六日（星期五）阴雨

入夜，雨、闪电、雷鸣，破晓时分，雨水沛然。

七月七日

七夕。昨夜雷鸣，梅雨季即将结束。各处别墅开始来了避

①酒名。

暑客人。

星空。

日暮将至
信浓山麓
隐隐约约灯火点点
远处乡村，住户有幸
黄昏下母子围绕餐桌
和睦团圆
暮色中有牛哞声
隐隐约约灯火点点

や

七月九日

蓼科虽无理发店，仍戏作狂歌一首。

噫吁唏，于信浓国剃头
吾秃头，理发店赚得多

秧鸡啼，别吃我，别吃我，秧鸡啼
马、鸡、牛，满腹忧虑

脚无力，无力的脚上的橡胶鞋
就像中风的马夫老爷子

利一君说，蓼科的马肉刺身美味至极，请一定尝一尝。立即品尝后，得和歌一首。

刺身，黑马樱花[①]之盐原
佐山葵酱油而食之

安

八月八日

又出现肥厚型鼻炎恶化的征兆，今日欲与孟君[②]一同下山归京。山中自两三日前起秋高气爽，东京想必是酷暑难耐。郁闷至极。记于九日晨间。

や

九月六日

从新宿乘十二点的快速列车，在茅野下车，租车于五点半

①马肉的别称。
②即佐佐木孟，当时为松竹大船制片厂的制片人。——原注

到达山庄。

八月九日回到镰仓，于镰仓渡部医院接受肥厚型鼻炎手术后，打算立即返回蓼科。然而接到电报，得知在京都府立医院住院的沟口健二病情恶化，前往京都探望，回镰仓后收到讣报。遗骨送至东京，守夜、葬礼，甚为匆忙。九月六日再次回到蓼科。这三四日，东京残暑难耐，此处却很凉爽，风和阳光穿过树梢，稻穗已经出芒，已有仲秋之气。天地自然，人事转变，实在迅速。

や

十二月二日（星期日）晴

此山之人物

利市：姓两角，曾为海军一等兵。现在为管理山庄之人。

清：利市之弟。拥有怪力之好人。姓柳泽。

柳泽美纪：每日早晨七时前来兜售蔬菜的老婆子。家住汤川，为农家，性格温润敦厚。

や

昭和三十二年六月二十九日

五点半抵达蓼科云呼庄。沐浴后，于食堂饮钻菊。一切皆如去年。

大杜鹃、莺、杜鹃四处啼鸣，白云聚散不定。自今宵起，又开始晴眠雨睡的生活。开始、开始，东西、东西[①]……

㋳

七月十二日（星期五）雨

来蓼科十有四日，雨日连绵，偶感。

好雨一整夜
吾眠一整天
雨淌雨水檐
是真还是梦
水滴石会穿
虽此又何妨
酣睡乃生计
且问此雨水
何时滴石穿

㊫

七月十六日

昨日，蓼科冰激凌店来了一只狗。种类为甲斐虎，毛色呈

① 日本戏剧演出开始时，以“东西东西”的喊声提示开场。

虎斑纹。

这虎斑极不可靠，像是用马克笔画的。若是来一场骤雨，虎斑便会被冲走，有化为土犬之虞。乍看身躯似虎，脸则好像奸诈的猫，也似睡得迷迷糊糊的千田是也[1]。如今并无源赖政[2]，实属幸运。若遇上他的后代，这犬或许即刻被射杀。今日甲斐虎这一种类几近绝种，也不无道理。

㊥

八月二十七日（星期二）晴（二十七日再次来蓼）

七月十九日，为庆祝里见弴和大佛次郎分别迎来古稀、还历之年，举办了一场棒球大赛。我英姿飒爽地出场，却不承武运，不幸阿基里斯腱断裂。

有切也切不断的东西，切不断的东西也会断。借着男女关系之事，我这是在说什么无稽之谈。我脚上脆弱的阿基里斯腱，还没说要切却已断了，这又是……吾有脚三只。小而细的中间的脚……真像是蔫了的酱萝卜。幸亏我那中间的脚上，阿基里斯腱还如阿基里斯一般无恙。右脚踝的阿基里斯断了，真是头疼。

啊，我的阿基里斯腱断了，久卧不起之惨状，与从前

①戏剧演员。

②平安时代末期的武将，因降服妖怪而出名。

武士在寒碜的屋子里贴油纸伞这一前世因缘，是何等的相似啊。[1]

安

十月二十二日

高原客来客往。客人离去，高原再次陷入寂寥。唐松的树梢渐渐褪色，变成褐绿色。白桦树干日益发白。

昭和三十四年六月二十二日（星期一）阴转雨

于无艺庄[2]举行山中宴会，岸、三村、林、宫内到来。[3]林、宫内二人于今晚返京。

安

六月二十九日

夜短枕边，闻杜鹃

吾已老，心欢喜

杜鹃啼鸣，围炉边

---

① 江户时期，贫穷的武士靠做伞糊口。

②小津安二郎在蓼科用以接待东京友人的场所。

③分别是编剧岸松雄、三村伸太郎，以及林文三郎、宫内义治。——原注

心欢喜，汲酒饮

安

六月三十日（星期三）

子规啼，眼望去，空瓶遍地。[1]

夜半不惑。

安

七月七日

《浮草》的修正稿完成。二日写稿，七日完稿，共六日。若兴起，则提笔；若兴散，则枕眠。兴起兴散间，终于完稿。虽然是风调雨顺，但世间却徒然，这徒然成了生计，生计之一半靠倦怠。莫思身外无穷事，且尽生前有限杯。酌酒杯数越少，越是无法出现佳作。佳作因推杯换盏之数而定，酒满杯盏才是真。《浮草》成为杰作并非偶然，看那厨房，空瓶遍地不胜数。自吹自擂，记私语一言，聊以自慰。如何？

㋳

①仿百人一首中的“子规啼，眼望去，残月清辉”。

七月十日

乘坐中午的火车返京。今明将出梅，凡间必定酷热难当，想到这里，下山的心情甚为沉重。这次早早返京是为了大映多摩川制片厂的工作。名为《浮草》。今年夏日，已经无法来蓼科了……（未完）

现在车子已至。

㊛

昭和三十五年六月三日（星期五）晴

《秋日和》自四月七日起笔，六月二日完稿，共二百八十页，接下来才困难。六月三日晚雨渐停，新绿灼眼。正午时备返京车子，下山。

安

十二月二十九日（星期三）晴转阴（十二月二十八日来蓼）

昭和三十五年为庚子年，一年将尽之时，作和歌二首。

纷纷乱乱一年去
道旁石佛厚雪积

围炉酌酒薪木摇

又是官历行将尽

㋳

昭和三十六年一月十一日（星期三）阴

旧年十二月二十八日来蓼，跨年迎春，十一日先下山回镰仓一趟。

只定下题目为《小早川家之秋》，内容情节全无。饮酒适度，午睡也适度，想着“小早川”的工作下了山。能否再次勤勉努力？

大山山麓围炉边

薪木摇摇晃晃，我在饮酒

[安]

五月五日（星期五）半晴

《小早川家之秋》剧本终于完成。恰好此时，蓼科新绿如洗。

白桦树皮白色斑驳，如粉妆脱落的女郎。

㊫

五月九日（星期二）晴

三合庵的唐松无比秀丽。

天空是五月的浅葱色，接下来是蓼科一年中最好的季节，不过今日我将启程回去。自二月八日来蓼,的确逗留了极长时间。

㊫

十一月十二日（星期日）晴

下一部作品是《秋刀鱼之味》，所以赶紧吃了秋刀鱼，祈祷运势昌隆。

ⓨ

十一月二十五日

遥遥独坐岩磐间，不顾他人静冥思。

此乃西行的名诗。行至泷汤谷，盘坐巨岩上，溪流淙淙，渊潭满溢，夕阳洒落在山中的枯树梢上，其上白云悠然流过，说不定我也能成为西行。西行每日必晨浴,施金冷法[①]。野田夫人担心我会不会冻僵。西行冻僵，可就不妙了。金冷法也还是适度为好。自戒。

安

昭和三十七年一月十日（星期三）阴

旧年十二月二十六日来蓼。年后壬寅一月十日下山。乍晴

①将男性下体用水冷却的保健方法。

乍阴，元旦积雪而更年。徒长一岁，并无格外感激。一切皆忧愁。忧愁则懒惰。懒惰则只能坐而食，醉而眠。我若是天皇，定然立即剃发当上皇。上皇即成法皇。面对西方净土，建造一堂，供奉不空绢索菩萨，喝了吃，吃了排，排了睡，仅此而已。月末再上山，这次要工作了啊。

鸣呼，浮世秽土，无法享乐，法皇云尔。

や

二月四日 立春大吉

午后六点半，山内静夫来电，曰五时十五分，老母过世。

恰好在饮酒，食鱼冻，享用晚餐。白日变长，六时尚薄暮。夕阳遍染远处山脉，让我想到广重[1]的湿抹布。

老母已离世了吗。又新生感慨。

我丧父之时，父亲年六十九岁。古人云，人生七十古来稀。我认为这是理所当然。现在老母八十六岁，今年春日，便是米寿[2]。

不过，六十九岁便已经清清爽爽。八十六岁，就更无怨言了。若六十九分是落第，八十六分已经是及第了。学业打分的标准，甚是残酷无情。

---

①歌川广重（1797－1858），又名安藤广重，江户时代的浮世绘画家。
②虚岁八十八岁大寿。

机君[①]的车子来了，欲回镰仓，已是九时。

真讨厌啊，葬礼。我最懜白事。

㋳

三月三十日　小雪

高原整日雪舞如花。

在阴暗的房间里独处，思绪良多。

不顾他人静冥思
西行如是说

淙淙融雪水，岩间叮咚流淌。
款冬花茎破土而出，幼蕨举拳，
是在招揽春光吗？

高原整日雪舞如花。
酌酒，迷迷糊糊，享受午休。
春日近在眼前，可真快活啊。

㋳

①当时在茅野开租车的司机。——原注

四月九日（星期一）阴转雨

外山雾霭莫缭绕[1]，满眼樱花烂漫春。

散漫的我却在此处为了《秋刀鱼之味》的构思而烦恼。

樱如虚无僧，令人忧郁，酒如胡黄连，入肠是苦。

春日忧愁，酌酒忧愁，道出心中空无物，惜春之情又增加。

安

四月二十九日 半晴

吾之庭院，牡丹今年又盛开。

花虽已开，母亲却已归西天。

别人道我是孝子，我却并非如此，不过恰好写了一首晚春，无心咏了一首和歌……如此而已。

安

①仿百人一首中的“高砂尾上樱花开，外山雾霭莫缭绕”。

附录

看护日记

老爷子已经不在了

佐田启二[①]

三月二十六日

窝在长野县蓼科山庄里的老爷子（小津先生）打来一个长途电话。

“您怎么了？”

“脖子边上长了个肿包。疼啊。”

“肿包？”

“要不让医生看看，总之我想回去了。明天回去。但是不认识的医生，我可不要。绪方医生（安雄博士）就好。对了，不是绪方医生可不行。”

①小津安二郎的御用演员，在小津去世的第二年，从蓼科返回的时候发生事故逝世，年仅 38 岁。

电话挂断了。绪方医生住在我家附近，几年前曾邀请医生参加长子贵一的初节句[①]宴会，席间与老爷子第一次见了面。二位意气相投，医生还特别出演了老爷子的电影《秋刀鱼之味》里同窗会这一场景。不过，绪方医生专攻小儿科。虽然是个老顽童，这么大的大人（老爷子）的肿块，该是专业外了吧？

三月三十一日

十二时，于大船站与老爷子汇合，前往山王医院拜访绪方医生。

“有什么症状呢？”

“疼得厉害，好像还有些发烧。”

“我懂小孩子的病，可是不懂大人的病。我把我的朋友前田外科医生介绍给您吧。就算做手术，三十分钟左右应该就能完成。”

在绪方医生的陪同下，我们前往前田外科。因为有事，我在其间离开了两小时左右，又回到前田外科。这时，绪方医生与前田院长正在窃窃私语，看到我，前田院长便说：“这还是立即做手术为好。”那该在哪里做手术呢？绪方医生建议我去拜托筑地国立癌症中心的久留院长。据说久留医生碰巧是老爷

---

①孩子出生以后的第一个节日。

子松阪中学时代的同窗。老爷子认生，如果将身体交给不认识的人，肯定会连说不要、不要。

四月十日

在癌症中心住院。老爷子住在四楼病房，新桥演舞剧场的建筑物就在眼前。被雪白的墙壁包围的床上，老爷子穿着睡衣拘谨地坐着，一脸不安。不过，没有办法。在击退肿块之前……

四月十七日

手术当天。

医生说手术简单，很快就能完成，所以在手术室门外等待。

老爷子最怕疼，像小孩子一般恐惧打针，如今脖子上竟要挨手术刀。比预想时间似乎长了很多，稍稍有些担心。不过老爷子以前一直身体无恙，也没有什么难熬的经历。比起普通人已经如此受眷顾了，所以这次这种程度的……也没有办法。

手术室的门开了，护士跑出来说："大吵大闹，都要从车上摔下去了。还请来个力气大的人一起按着。"我跑了进去，老爷子倍感疼痛地说："南无阿弥陀佛，南无阿弥陀佛。"我说："念经可不吉利。"结果老爷子说："我痛啊，痛啊，要是不说点什么，根本受不了。你就让我说吧。南无阿弥陀佛。"难受地继续念着。

到七月一日为止的八十二天里，老爷子都在癌症中心。

手术后，接受了精密检查，除去了长在脖子上的小溃疡，又进行了钴镭治疗法。听说这是癌症的治疗方法。一周一次在患处扎入钴、镭的针。脖子上要扎十根像钉子一样的针，所以完全无法动，成了石刻的地藏一般。

“活了六十年，从来没觉得漫长，可这扎针的一星期，漫长得都不知道该怎么说啊。”拔针后，老爷子萎靡衰弱得几乎让人认不出来，反复说着“真没法说啊”。“这儿要是有斧子之类的东西，我早就自杀了。这医院的设备差，没有那种方便的东西。医生就是不治疗‘疼痛’,只会说‘痛吗’‘痛啊’‘是吗’。就算治了病，却治不了‘疼痛’。”老爷子一直抱怨“疼痛”。

“不过，老师，或许是癌症啊，因为做了伽马和镭的放疗。”我说。

“是啊，这下我可成了独当一面的卖豆腐的了，都能做炸豆腐块[①]了啊。”老爷子大笑。

下部作品是《白萝卜与胡萝卜》，剧本由老爷子与好友野田高梧共同执笔，所以从正月开始窝在了蓼科。

---

①炸豆腐块与伽马射线谐音。

“这次要写怎样的内容？”

“是啊，这样的怎么样？现在癌症很流行对吧，癌症又经常死人。老头子得了什么癌症，那到底要告诉他，还是不告诉他呢，这种乱乱糟糟、吵吵闹闹的怎么样？”

“好啊，能行。就这么办吧。”

像平常一样，从食物到日用品都从镰仓运来，就如西部片里的大迁移一般。

在《白萝卜与胡萝卜》里，连患癌的人选都想好了。“开始写原稿吧……这么想着，结果出现了肿块。”野田老师十分遗憾地说。

我们大约是受了小津老师性格的影响，不论什么事，都只会做出优哉游哉的反应。谁也没料到，那橡皮糖一般的肿块竟是“癌症”的信号。那两人还为“能做炸豆腐块”之类的事天真地笑着。

不断有人来探病，一天甚至有四五十人。院方十分震惊，前来忠告每人限定在五分钟内为宜。

“来的人可真多啊。”

“嗯，名字很不错，因为是癌症中心。”

“来这么多人，不长期上演可不行啊。”

“嗯，一下子就出院可不行。”

每个星期五，我的大女儿贵惠子会来探望老爷子。我不是很明白，但老爷子似乎对此十分期待。为了贵惠子，老爷子还买了蜡笔与画纸。两人一起画画，约好每周完成一幅。贵惠子会与老爷子一边聊天，一边画花、我的脸、妻子的脸，还有来探望的工作人员的脸。画好了就贴到白墙上。大概有二十张了。七月一日出院时，老爷子一张一张地取了下来。

“要怎么处置呢？”我问。老爷子说：“我要带回去，一直保管到贵惠子二十岁时，再给她看，‘从前你可画了这样的画哟’。”

在回镰仓的车上，老爷子十分兴奋。还是健康时常有的打扮，白色的渔夫帽配雪白的衬衣，加上刚做好的裤子。只有脖子上的白色绷带与健康时有所不同。

在出院前几天，发生了这样的事。

“我要做新衣服。”老爷子说。

“现在瘦了做新衣，胖了可就穿不了了哟。”我说。

“不，有个叫I的男人啊，以前很胖。生了病，痊愈出院后，衣服松松垮垮的，真不像样。穿那么久之前的衣服可不好，所以要做新衣服。”老爷子坚持。

让人拿了布料制作了两套。可是翌日，他却说：“我放弃了。”

“怎么回事？”

“现在是夏天，衬衣就行。到了秋天，又不知道流行什么款式，所以不做了。”不愧是“造型师”老爷子，不喜欢松松垮垮的衣服，又担心流行新款式。最终我只用家里有的布料为老爷子做了新裤子。

回到镰仓家中，首先是喝酒庆祝。因为有糖尿病的迹象，所以禁止饮用日本酒、葡萄酒，只允许喝威士忌与白兰地。拿出了拿破仑酒，老爷子喝了三杯（平时常用的可竖着放入一个鸡蛋的小酒杯）。他喝酒从不上脸，这一晚却红得像煮熟的虾子。我妻子说："老师，如此纯情的老师，我可没见过呢。"之后吃了鳗鱼，老爷子时隔八十日回归了镰仓的生活。

快意的生活持续了约一周。右手略微有些发麻，用力按会感到疼痛。

去了汤河原温泉进行温泉治疗，可麻痹症状日益严重，彻底变成了疼痛。七月末回到镰仓，尝试了电疗，完全没有祛除疼痛。

八月，老爷子开始卧床不起。我一个人去看望，给无法进食的老爷子鼓劲儿，劝他一起进餐。

"不吃体力跟不上啊。"

"疼得让我吃不下去。"

"不行啊，不吃可不行。"

我们两人互不相让。

老爷子喜爱的刺身、生海胆之类也没能击退疼痛。他喜欢与大家一同吃饭、饮酒。他在松阪长大，喜欢吃寿喜锅，也很擅长做这道菜。基本上厨房的活儿比女性做得还好，煮寿喜锅时也是，肉是肉，菜是菜，排列得井井有条，有条不紊地炖煮。筷子用得极好，也是个美食家。只要有众多山珍海味，立刻笑逐颜开。但是眼前的老爷子开始放弃享受饮食的乐趣了。

喂食时滴了一滴拿破仑让他喝下，这是在九月的什么时候呢。应该是最后一次品味白兰地的味道了。滴了一滴后，喂食的水带了浅浅的颜色。滴在唇上，老爷子的脸立即红了起来，而后倾诉道，疼得更厉害了一些。

九月五日

癌症中心传来消息，老爷子是患了癌症。

“癌”。是“癌”。

亲近的人聚集商谈。就算是癌，无论如何也要让老爷子康复。

四月十七日做手术那天，久留院长叫齐了亲属。老爷子的弟弟希望我也去，我虽然亲近，却不是亲属。便推辞着，没有前去拜访久留医生。不久弟弟回来，我问：“怎么样？”“唉？嗯。说没事，会治好的……”弟弟是这么说的，但能从那说法里感到有些不自然。或许那时就知道了……

我们之前丝毫没有怀疑……既然是“癌”，那就必须要让老爷子住院。

九月六日

前去探望。走到玄关附近时，听到了呻吟声。听起来极为痛苦的声音。

必须让老爷子住院，不过没能说出口。老爷子执意表示，无论如何就是不喜欢癌症中心。

九月十五日

老爷子从没有与大儿子一起拍过照，我以此为借口，给老爷子拍了一张。

真讨厌，为什么要拍照片啊……老爷子一定这样想。不过他还是从床上坐起，看向我的相机。

白胡子长长了，让人心痛，我狠心按下了快门。

即使如此，还是没有说出住院的事。明明是争分夺秒的事，怎么会这样。

九月二十日

“疼痛是没法用具体的数字来表示的。没法用今天是一百一十二，还是一百来表现。只有痛这一个词。除了痛就没法表达了。”老爷子焦躁地说着。

因为疼痛才会呻吟。来探望的客人感到震惊，于是来到门口就回去了。不过他在呻吟时察觉到了人来的动静，又操心起来："喊出来就舒服点，明明大家进来也可以啊。"

九月三十日

已经不能放任不管了。与常去看病的镰仓的医生——足立医生商量后，决定今天试着说出住院的事。"我无论如何都说不出口。"妻子躲到了厨房里，只剩下了我和老爷子两人。"疼得吃不下饭，不会有比这更不幸的了。除了注射止痛药（麻醉型药物），应该还有其他办法。不去癌症中心，别的医院也有不同的治疗方法吧。先试着接受这样的治疗怎么样？必须鼓起劲儿努力。光喊痛啊、痛啊的丧气话可好不了。"我语气强硬地说。老爷子出人意料地说："确实是这样，可不能这么坐着等死。"

这是他第一次说到"死"。是感觉到了吗？

十月十二日

老爷子第二次入院，住进了东京医科牙科大学附属医院。松阪出身的稻叶副教授负责治疗。

癌症发展得厉害，已经侵入颈部的软骨。十种疗法中，已有七种治疗方法不适用了，医生说。

他还告诉我，长在这种地方，在癌症中也算糟糕的，软骨一旦被盯上，活动脖子时一不注意，就有骨折的危险，要在颈部固定石膏。这算是怎么回事啊。

住院选在晚上。老爷子坐在地上，一动不动。

“现在走吗？”我对老爷子说。

“给我点一支烟。”老爷子头也没回地说。抽完了烟，他说：“啊，已经可以了。”

“不用着急。”

“嗯。能把我从玄关搬出去吗。”

在担架上，老爷子说道：“这条路，喝醉时常常爬上来。现在虽然是下去，却比喝醉的时候更辛苦。”

老爷子再也不会活着回到这条路上了，我想。中途会穿过一条小小的隧道。今天也是最后一次穿过这条隧道了吧。我们尽量慢慢地抬着担架走下去。

十月十九日

“我根本不记得做过什么坏事，为什么会得这样的业障病呢。”老爷子面朝天花板说，“我也喜欢睡着啊。右脚不知是怎么了，是摔到床下了吗。真是痛苦啊。我做了梦，最近尽是疼痛的梦。”

“疼痛的梦是怎样的梦？”

“就和不明所以的古董一样，一碰就觉得疼。”

十月二十日

说让我买科隆香水，想洒在被窝里。最近都是在床上大小便，会在意也没办法。

买来了香奈儿五号香水。

三井弘次先生前来探望时，老爷子想要解手。“要回避一下吗？”我问，他没有给明确的回复，却突然发出高声的呻吟，吓了我一跳。

“怎么了，老师？”我往前一看。

“怎么了。刚才大便噗噗地出来，所以我伪装了一下，加入了拟声。”

在六十岁的时候陷入让跟前的人处理大小便的境地，老爷子感慨良多地说：“要是之前娶了老婆就好了。真是羞死人了。”

十一月七日

冈田茉莉子女士前来告知与吉田喜重导演结婚的消息。老爷子说：“要是病好了，再拍一部电影哟，小茉莉。”

有客人来探病，必定会说“要是病好了……”。

十一月十四日

带着贵惠子去了医院，穿着老爷子为她选的七五三[1]时穿的和服。老爷子正好睡着了。想着还是回去吧，但想让贵惠子看

---

①日本传统节日。每年十月十五日，父母会带三岁和五岁的男孩、三岁和七岁的女孩穿上传统和服，去神社祈求孩子健康成长。

看他睡觉时的面容，便进入了病房。结果老爷子睁开了眼。“哎哟，怎么，是贵惠子啊。”

把贵惠子放在椅子上，与老爷子面对面。他们俩一起唱了歌，是《斯达拉小调》与《贩卖幸福的男人》这两首。《斯达拉小调》是老爷子喜爱的歌曲，过去经常与贵惠子一同边唱边跳。《贩卖幸福的男人》是与宝冢歌剧团的女演员们关系密切后，学会并喜欢上的歌曲。去年二月，老爷子在母亲去世时唱了这首歌，以表追悼。

贵惠子与老爷子握了手，说了再见。

十一月二十二日

白血球减少，呼吸开始变得困难。稻叶医生提议进行气管切开手术，装上橡胶管，辅助呼吸。

家人表示反对，说是不希望再让老爷子受苦了。不过呼吸困难比疼痛更加难熬，所以决定做手术。

手术后，恐怕会出现语言障碍，但没有办法。

十一月二十七日

进入危险状态。呼吸停了两三次。弟弟喊着：“哥、哥。”老爷子小声地说：“真吵。”

十一月二十八日

就算动了嘴唇，也语不成声。我将假名写在纸上，贴到墙壁上。老爷子嘴唇一动，我就按顺序指假名。如果要牛奶，指到“ミ”[①]时，老爷子点点头，便喂他喝牛奶。

十一月三十日

体力衰竭。

十二月二日

这个月十二日是老爷子生日，六十还历。妻子订了贺寿的羊毛羽织[②]。炭灰色的布料上专门用朱色的布缝出老爷子的家纹“酢浆草纹”。

老爷子看到这个，轻轻地说了一句：“真好啊。”

“十二日那天会给您的，在这之前，就由我来保管。”妻子叠起了羽织。

十二月十一日

上午八时左右，病情恶化。我赶去一看，面露死相。野田高梧与夫人看了一眼，闭上了眼：“真是不想看到老爷子这副

①日语“牛奶”的首字母。

②一种和服外套。

模样。”

稻叶医生叫我过去说：“呼吸情况不乐观。午夜或天明时会有危险。就算您出门，也要在三十分钟内回来啊。”我十二日早上要拍摄《梦露般的女人》，难道见不到老爷子最后一面了吗？

十二月二十日

……晚上八点，入殓，老爷子回到了镰仓。

在枫叶满地的山路上担着棺椁。纯白的盖布上，落着两三片枫叶，是老爷子生前喜欢的红色。

（《Sunday 每日》，昭和三十八年十二月二十九号）

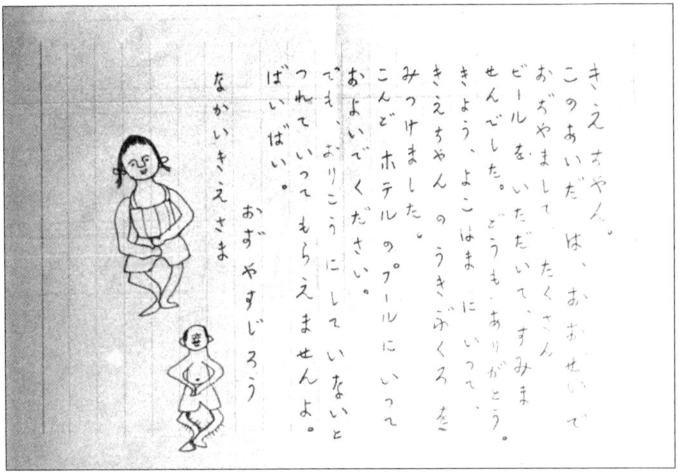

きえちゃん。
このあいだは、おおぜいで
おぢやまして たくさん
ビールをいただいて、すみま
せんでした。どうも、ありがとう。
きよう、よこはまにいって、
きえちゃんのうきぶくろを
みつけました。
こんどホテルのプールにいって
およいでください。
でも、おりこうにしていないと
つれていってもらえませんよ。
ばいばい。
おずやすじろう
なかいきえさま

小津安二郎写给佐田启二的女儿中井贵惠的信

小贵惠：

前阵子一大群人来，真的打扰了。喝了这么多啤酒，真不好意思。太谢谢你了。

今天去横滨，找到了小贵惠的泳圈。

下次去宾馆泳池游泳吧。

不过你不乖，可不带你去哟。

拜拜。

说 明

1. 本书集录小津安二郎的访谈稿、日记以及散文中以人生为主题的部分而成。

2. 收录部分原则上都以原稿为准，但有明显误记、印刷错误之处已加以订正，其他一切遵照原文。

3. 原文为访问稿时，只收录小津的发言部分，其他部分省略。

4. 书中即使有现在看来不适当的语句，考虑到当时的时代背景和作者的表现意图，仍保留原文。

图书在版编目（CIP）数据

我是开豆腐店的，我只做豆腐 /（日）小津安二郎著；陈宝莲，郑锦译. -- 2版. -- 海口：南海出版公司，2019.1

ISBN 978-7-5442-9369-3

Ⅰ. ①我… Ⅱ. ①小… ②陈… ③郑… Ⅲ. ①随笔－作品集－日本－现代 Ⅳ. ①I313.65

中国版本图书馆CIP数据核字（2018）第153881号

我是开豆腐店的，我只做豆腐

〔日〕小津安二郎 著

陈宝莲　郑锦 译

出　　版　南海出版公司　（0898）66568511

　　　　　海口市海秀中路51号星华大厦五楼　　邮编 570206

发　　行　新经典文化有限公司

　　　　　电话（010）68423599　　邮箱 editor@readinglife.com

经　　销　新华书店

责任编辑　翟明明

特邀编辑　褚方叶　陈文娟

装帧设计　李照祥

内文制作　王春雪

印　　刷　山东鸿君杰文化发展有限公司

开　　本　870毫米×1092毫米　1/32

印　　张　8.5

字　　数　150千

版　　次　2013年6月第1版　2019年1月第2版

印　　次　2019年1月第3次印刷

书　　号　ISBN 978-7-5442-9369-3

定　　价　58.00元